UN PROTECTEUR POUR KIERA

UN PROTECTEUR POUR KIERA (FORCES TRÈS SPÉCIALES #12)

SUSAN STOKER

Ceci est une œuvre de fiction. Les noms, les personnages, les lieux et les événements sont le produit de l'imagination de l'auteur et sont utilisés à des fins narratives. Toute ressemblance avec des événements réels, des lieux ou des personnes vivantes ou ayant existé relèverait de la pure coïncidence.

Copyright © 2016 par Susan Stoker

Traduit de l'anglais (U.S.) par Angélique Olivia Moreau pour Valentin Translation

Titre original : *Protecting Kiera (SEAL of Protection, Book 11)*

Aucun extrait de cette publication ne saurait être utilisé, reproduit ou transmis sans le consentement écrit de l'éditeur, sauf dans le cas de brèves citations illustrant des critiques, comme la loi l'autorise.

Ce livre est disponible seulement pour votre usage personnel. Il ne pourra pas être revendu ou offert à d'autres personnes. Si vous voulez partager ce livre avec une autre personne, veuillez acheter un exemplaire supplémentaire pour chaque destinataire. Si vous lisez ce livre et ne l'avez ni acheté, ni emprunté, ou s'il n'a pas été acheté pour votre utilisation personnelle, veuillez vous procurer votre propre exemplaire.

Merci de respecter le travail de l'auteur.

Couverture par Chris Mackey, AURA Design Group

Fabriqué aux États-Unis

DU MÊME AUTEUR

Autres livres de Susan Stoker

Forces Très Spéciales Series

Un Protecteur Pour Caroline

Un Protecteur Pour Alabama

Un Protecteur Pour Fiona

Un Mari Pour Caroline

Un Protecteur Pour Summer

Un Protecteur Pour Cheyenne

Un Protecteur Pour Jessyka

Un Protecteur Pour Julie

Un Protecteur Pour Melody

Un Protecteur pour l'avenir

Un Protecteur Pour Les Enfants de Alabama

Un Protecteur Pour Kiera

Un Protecteur Pour Dakota

Forces Très Spéciales : L'Héritage

Un Sanctuaire pour Caite

Un Sanctuaire pour Brenae

Un Sanctuaire pour Sidney

Un Sanctuaire pour Piper

Un Sanctuaire pour Zoey

Un Sanctuaire pour Avery

Un Sanctuaire pour Kalee

Hawaï : Soldats d'élite

Un paradis pour Élodie (Apr 2021)

Un paradis pour Lexie (Aug 2021)

Un paradis pour Kenna (Oct 2021)

Un paradis pour Monica

Un paradis pour Carly

Un paradis pour Ashlyn

Un paradis pour Jodelle

Delta Force Heroes Series

Un héros pour Rayne

Un héros pour Emily

Un héros pour Harley

Un mari pour Emily

Un héros pour Kassie

Un héros pour Bryn

Un héros pour Casey

Un héros pour Wendy

Un héros pour Mary

Un héros pour Macie

Un héros pour Sadie

Mercenaires Rebelles

Un Défenseur pour Allye

Un Défenseur pour Chloé

Un Défenseur pour Morgan

Un Défenseur pour Harlow

Un Défenseur pour Everly

Un Défenseur pour Zara

Un Défenseur pour Raven

Ace Sécurité

Au Secours de Grace

Au Secours d'Alexis

Au Secours de Bailey

Au Secours de Felicity

Au Secours de Sarah

CHAPITRE UN

Kiera Hamilton s'était casée dans un coin de *Second souffle*, la boutique de vêtements d'occasion que possédait son amie Julie Hurt, et elle sirotait la flûte de champagne tiède qu'elle tenait à la main depuis quasiment le début de la soirée.

Elle avait seulement accepté de venir parce que Julie avait laissé échapper que Cooper y serait.

Cooper Nelson. Autant dire 1 mètre 85 de perfection… et largement hors de sa portée. Et puis il était aussi trop jeune pour elle. Il existait un million d'autres raisons pour lesquelles c'était stupide pour Kiera de ressentir un béguin d'écolière pour ce mec, mais cela ne l'avait pas empêchée de faire tous les efforts possibles pour assister à la petite coterie.

Kiera avait rencontré Julie quand sa classe de CP

avait effectué une visite de la base navale. Julie était passée voir son mari, et quand un des élèves s'était fait pipi dessus, elle avait bondi à leur rescousse. Sa voiture était remplie de vêtements qu'elle venait d'aller chercher au pressing et qu'elle devait rapporter à son magasin pour les mettre en vente, et – le hasard faisant bien les choses – elle avait justement quelques pantalons pour petits garçons. Les deux femmes s'étaient immédiatement bien entendues et passaient à présent la majeure partie de leur temps libre ensemble.

Kiera connaissait tout du passé de Julie… Fille de sénateur, elle s'était fait kidnapper plusieurs années auparavant. Julie avait été honnête : elle avait eu un comportement horrible envers ceux qui l'avaient secourue, mais elle avait enfin l'impression d'avoir découvert la personne qu'elle était destinée à être.

Elle possédait et gérait cette petite boutique qui vendait des vêtements d'occasion. Elle offrait également une portion généreuse de son inventaire à des femmes sans-abri qui avaient besoin de bien s'habiller pour passer des entretiens d'embauche, ainsi qu'à de jeunes filles des quartiers pauvres en manque de robes pour leur bal de promo. Dernièrement, elle avait même commencé à vendre des tenues masculines, et donnait aussi des costumes d'Armani et d'autres grandes marques à des hommes dans l'impasse qui avaient besoin de faire bonne impression.

— Tu passes un bon moment ?

Kiera sursauta et faillit laisser tomber la flûte de champagne, qu'elle parvint à rattraper avant de se tourner vers Julie en souriant.

— Bien sûr. Tu dois être contente qu'autant de monde soit venu.

Son amie hocha la tête avec un large sourire.

— Parfois, je dois me pincer quand je vois que les choses ont aussi bien tourné. Non seulement j'ai trouvé l'homme de mes rêves, mais j'ai également été capable d'améliorer le sort de tellement de personnes ! C'est une sensation géniale.

Kiera lui rendit son sourire rayonnant. Ils faisaient la fête ce soir-là parce qu'une jeune femme à laquelle Julie avait donné une tenue professionnelle quelques années auparavant venait d'être interviewée par une chaîne de télévision locale de Los Angeles. Son histoire s'était ensuite propagée au pays tout entier. Son expérience, malheureusement, était loin d'être unique. Elle avait échappé à une relation abusive, était tombée dans la drogue et vivait dans la rue. Elle avait suffisamment remonté la pente pour se rendre dans un centre pour sans-abri, mais elle ne parvenait pas à trouver de travail.

Julie l'avait rencontrée durant sa première année d'activité, quand elle était venue au centre pour parler avec les directrices. Elle avait invité Rébecca – la femme qui cherchait un emploi – à passer à son magasin pour se choisir une tenue gratuite. En fin de compte, Rébecca avait décroché le poste auquel elle avait postulé et à présent, au bout de deux petites années, elle était montée en grade jusqu'à devenir cadre supérieur.

La fête de ce soir était plus pour célébrer le succès de Rébecca qu'autre chose, mais l'afflux de donations, tant en matière d'argent que de vêtements, était une occasion de plus de se réjouir.

Kiera regarda autour d'elle et remarqua la présence de plusieurs représentants de la crème de la crème de Riverton. Le maire était là, accompagné de son épouse, et elle reconnaissait également le chef de la police. Balayant la pièce du regard, elle s'arrêta sur Cooper et soupira. Elle avait vraiment le béguin pour lui.

Cooper était autrefois soldat d'élite de la marine sous le commandement du mari de Julie, mais il avait été blessé pendant une mission et avait pris sa retraite. Une bombe avait explosé trop près de son poste et, s'il s'en était sorti avec tous ses membres, il avait perdu l'usage de son oreille droite et presque soixante-dix pour cent des capacités auditives de son oreille gauche.

Kiera travaillait avec des enfants sourds à l'école spécialisée de Riverton, et elle y avait rencontré Cooper quand il était venu faire du bénévolat auprès des petits. La première fois qu'elle l'avait vu dans le couloir de l'école, elle avait été surprise de l'attirance immédiate qu'elle avait ressentie pour lui. Elle n'était pas le genre de femmes à ressentir un coup de foudre, mais c'était exactement l'effet que lui faisait Cooper. Il était grand, ce qui lui plaisait. Elle avait beau passer sa vie à lever les yeux vers les gens, il y avait quelque chose d'excitant chez un homme qui la dépassait d'une bonne tête. Elle se sentait plus féminine, plus protégée, plus… quelque chose.

Il avait des yeux roux un brin plus clairs que ses cheveux marron foncé… qui auraient d'ailleurs eu besoin d'un bon coup de ciseaux. Ce jour-là, il portait un jean qui moulait ses cuisses musclées et un polo dont les manches courtes dévoilaient ses biceps saillants. Dans l'ensemble, il était à la fois beau et intimidant.

Elle ? Elle était simplement Kiera. Pas une super soldate ou quelqu'un d'extraordinaire. Comme beaucoup de femmes, elle avait quelques kilos en trop sur sa silhouette menue dont elle n'arrivait pas à se défaire... Enfin, elle n'essayait pas vraiment. Après une mauvaise expérience avec un régime draconien à l'université, Kiera avait décidé qu'elle voulait vivre une vie de modération, pas de privations. Elle mangeait et buvait ce qu'elle voulait, essayait de rester active sans trop en faire à la gym, et le résultat, c'était qu'elle était contente de son corps.

Mais en regardant Cooper ce jour-là, elle aurait soudain voulu avoir passé plus de temps à faire du sport et ne pas avoir englouti ce paquet de biscuits la veille. Cela dit – étonnamment –, il avait semblé indifférent à son poids. Il lui avait souri, lui avait serré la main et, à moins qu'elle ne se soit entièrement méprise sur la lueur dans ses yeux, avait paru attiré par elle.

Depuis cette première rencontre, Kiera parlait à Cooper à chaque fois qu'il venait à l'école. Ils riaient ensemble et elle était convaincue qu'ils étaient sur la même longueur d'onde. Elle pensait leur attraction mutuelle, même si lui n'avait encore rien fait. Elle se disait que son hésitation tenait peut-être au fait qu'elle travaillait à l'école où il était bénévole. Alors quand Julie lui avait parlé de la promesse qu'avait faite Cooper d'assister à cette fête, Kiera avait bondi sur l'occasion d'être présente.

Cela dit, elle aurait mieux fait de rester chez elle à faire ce qui l'occupait généralement le samedi soir, c'est-à-dire glander sur le canapé à lire ou bien à regarder la télé. Cooper était présent à la fête, mais il donnait presque l'impression de l'éviter et restait à l'autre bout du magasin. Kiera l'avait observé, et il semblait perturbé et irrité, ne parlant à personne, se contentant d'adresser des signes du menton aux autres soldats d'élite présents.

Kiera avait une bonne image d'elle-même, aimait son travail, adorait bosser avec des enfants, et même si elle était petite, la plupart du temps, elle aimait son corps. Et elle ne voyait généralement aucun inconvénient à être introvertie, préférant paresser seule à la maison plutôt que de sortir passer du temps avec des amis. Mais rester dans un coin à regarder les groupes de femmes rire ensemble, à voir les hommes en couple faire les yeux doux à leurs épouses sans qu'elles ne semblent le remarquer, à repérer Patrick, le mari de Julie, ne cesser de lui adresser des regards en souriant... si on ajoutait à cela l'attitude distante de Cooper, ce n'en était que plus frustrant et déprimant.

Julie posa la main sur son bras et la tira de sa

rêverie. Elle avait presque oublié que l'autre femme se tenait près d'elle et qu'elles discutaient de la façon dont elle avait rencontré son mari.

— Tu as vraiment fait une différence à Riverton. Tu devrais être fière de toi.

Kiera regarda par-dessus l'épaule de l'autre femme et dit :

— En parlant de l'homme de tes rêves...

Elle n'eut pas le temps de finir sa phrase que Patrick arriva derrière Julie et lui passa les bras autour de la taille.

— C'est bon de vous voir, Kiera, dit-il après avoir déposé un baiser sur la tempe de son épouse.

— Vous aussi. Tout va bien à la base ?

— Je n'ai pas à me plaindre. Vous avez parlé à Coop ce soir ?

Kiera n'était pas surprise qu'il mentionne son nom. Il lui avait révélé, en toute confidence, que Cooper avait du mal à se rajuster à la vie civile. Il avait eu l'intention de rester dans la marine tant qu'on voudrait bien de lui... mais la perte de son ouïe signifiait que c'était arrivé vingt ans avant qu'il n'y soit préparé.

— Non, nos chemins ne se sont pas croisés, lui répondit honnêtement Kiera, négligeant de préciser que ce n'était pas faute d'avoir essayé.

— Quel entêté ! murmura Patrick à mi-voix.

Presque instinctivement, Kiera coula un regard vers le coin qu'avait investi Cooper. Il était toujours là, fronçant les sourcils et semblant extrêmement tendu. Elle savait que Julie lui parlait, mais elle l'entendait à peine. Quelque chose dans le langage corporel de Cooper la dérangeait. Elle inclina la tête et garda les yeux sur lui pendant un long moment.

— Non ?

Julie lui toucha le bras pour attirer son attention.

— Pardon... quoi ? demanda Kiera en se retournant vers Julie d'un air désolé.

— Je disais simplement que Patrick avait parlé à son secrétaire et qu'il...

— Assistant administratif, l'interrompit Patrick.

— Quoi ? demanda Julie.

— Assistant administratif. Pas secrétaire. Je ne pense pas que Cutter aimerait qu'on le désigne comme secrétaire.

Julie leva les yeux au ciel et sourit à Kiera.

— Désolée... l'assistant administratif de Patrick, dit-elle en levant les mains et en repliant les doigts pour dire « entre guillemets », a dit qu'il serait ravi d'organiser une autre visite si tu veux. Ça lui a vraiment plu de rencontrer les gamins.

— Je ne sais pas. On a vraiment été une intrusion, répondit Kiera à contrecœur.

Et c'était vrai. Emmener des enfants qui n'entendaient pas en sortie n'était jamais chose facile, mais une visite à la base militaire avec des hommes en uniforme et tous leurs « jouets » avait été particulièrement intéressante pour le groupe. Les quatorze enfants de la classe avaient à peine pu contenir leur excitation, ne cessant de signer dans leur vocabulaire limité et aimant l'attention qu'ils recevaient de la part des marins.

— Jamais, dit Patrick avec un sourire. Les enfants sont un cadeau.

Sa main vint se poser sur le ventre de Julie et il l'attira contre lui sans cesser de la caresser.

— Oh, mon Dieu ! Tu es enceinte ? laissa échapper Kiera en ouvrant de grands yeux.

Julie sourit et leva la tête vers Patrick. Elle posa la main sur celle qu'il avait placée sur son ventre et hocha la tête.

— Félicitations, c'est super ! s'extasia Kiera.

— Merci. Nous sommes vraiment heureux, dit Julie à son amie.

— Comme il se doit. Quand dois-tu accoucher ?

— Dans six mois. J'en suis seulement à douze semaines.

— Sérieusement, c'est génial.

— Oui. Je le pense aussi. Changeons de sujet. Coop est venu à l'école, non ? demanda Patrick.

Kiera hocha la tête.

— Je l'ai vu plusieurs fois la semaine dernière. On a même déjeuné ensemble un jour.

— Alors c'est quoi son problème ? demanda Patrick, plus à lui-même qu'aux femmes qui se tenaient devant lui. Il reste planté là à se comporter comme un connard. Je vais aller lui dire de se sortir la tête du cul ou bien de rentrer chez lui.

Patrick se tourna, prêt à partir, quand Kiera comprit enfin ce qui n'allait pas chez Cooper.

— Non. Laissez-moi lui parler.

Patrick et Julie la regardèrent en même temps.

— C'est quelque chose dont je devrais être informé ? demanda Patrick d'une voix autoritaire.

Kiera secoua rapidement la tête.

— C'est simplement que... je crois savoir pourquoi il n'est pas dans son assiette ce soir.

— Vous voulez bien m'en faire part ? demanda Patrick.

Kiera se mordit la lèvre, indécise.

— Ça ne fait rien, poursuivit-il. Je suppose que ce n'est pas important. Si vous arrivez à le raisonner, je vous en serai reconnaissant. Cela dit, Kiera...

Elle leva la tête vers cet homme grand et puissant. Après avoir rencontré Patrick, elle s'était souvent dit que Julie avait de la chance. Il était tout ce qu'elle aurait toujours aimé avoir chez un homme… et n'avait pas été capable de trouver. Fort, sûr de lui, gentleman et protecteur.

Quand elle croisa son regard, Patrick continua :

— S'il n'est pas poli avec vous, faites-le-moi savoir. Il n'est peut-être plus sous mon commandement, mais aucun homme ne manque de respect à une femme devant moi. Je vous surveille.

Kiera déglutit fort. Même si elle connaissait bien Julie et Patrick, elle ne les aurait pas vraiment considérés comme des amis proches. Mais entendre Patrick dire qu'il la soutenait était réconfortant. Vraiment réconfortant. Cela faisait longtemps que personne n'avait fait ce que proposait le mari de Julie… même si elle ne pensait pas que cela soit nécessaire.

— Ça va aller, le rassura-t-elle. Cooper ne ferait jamais quelque chose comme ça.

Patrick haussa les épaules.

— Peut-être pas le Coop que je connaissais. Mais depuis sa blessure, je n'en suis plus aussi certain.

Kiera sentit sa contrariété monter d'un cran. Même si Cooper l'avait ignorée toute la soirée, elle ne pensait pas qu'il puisse lui manquer de respect en face, et elle était toujours disposée à le défendre.

— Alors vous ne le connaissez peut-être pas aussi bien que vous le croyez ! lui lança-t-elle, ses joues s'empourprant de colère.

C'était une réponse juvénile, puisque cet homme connaissait Cooper mieux que lui, mais elle ne pouvait pas rester là sans rien dire.

Patrick ne répondit pas pendant un long moment avant que ses lèvres ne tressautent comme s'il contenait un sourire.

— Faites-moi savoir si je peux vous aider d'une quelconque façon.

— D'accord, se força à dire Kiera.

Elle ne voulait pas contrarier le commandant, mais merde !

— On se reparle une autre fois, Julie.

— À tout à l'heure, Kiera, répondit l'autre femme.

Kiera posa son verre de champagne sur un plateau non loin de là et traversa la pièce pour aller rejoindre Cooper. Elle n'arrivait pas à croire qu'elle ait mis autant de temps à réaliser ce qui lui posait problème. Mais maintenant qu'elle avait compris, elle s'en voulait de ne pas avoir agi plus tôt.

CHAPITRE DEUX

Cooper Nelson était adossé au mur de la petite boutique qui appartenait à l'épouse de son ancien commandant et il regardait sans les voir les gens qui souriaient autour de lui. Il avait l'impression que sa tête allait exploser. Il baissa les yeux vers sa montre pour voir pendant combien de temps encore il allait devoir souffrir avant de pouvoir s'éclipser sans vexer personne.

Il avait réellement envie d'être là. Il était heureux pour Julie et Patrick, mais le sifflement dans ses oreilles était atroce. C'était presque ironique de penser que même s'il avait perdu une majeure partie de ses capacités auditives, pour l'heure, il aurait souhaité être entièrement sourd.

Il n'avait pas vraiment réfléchi à la fête et à la

façon dont cela l'affecterait. Il avait juste pris sa voiture et s'était pointé, comme il l'aurait fait avant sa blessure. Mais au fil des minutes, alors que les gens avaient rempli le petit espace, il avait rapidement réalisé que le bourdonnement des voix et la musique diffusée en sourdine étaient amplifiés par sa prothèse auditive. Il avait essayé de baisser le volume, mais alors, il n'entendait plus ce qu'on lui disait. Il l'avait donc rallumé. Et le fait de n'entendre que d'un seul côté le déséquilibrait et lui donnait même un peu le tournis.

Il était arrivé à la fête enthousiaste à l'idée de revoir l'amie de Julie, mais cela avait disparu quand il avait réalisé à quel point c'était difficile d'entendre. À présent, il avait simplement envie de rentrer chez lui et de se terrer dans son appartement délicieusement silencieux.

Juste quand il avait décidé qu'il était temps de partir, même si c'était impoli, il sentit une main sur son bras. Baissant les yeux, Cooper vit que la raison de sa présence à cette fête se tenait à côté de lui, un pli inquiet lui barrant le front.

Kiera Hamilton.

Il avait été fasciné par cette femme depuis le premier jour. Patrick lui avait recommandé (ou plutôt ordonné) de faire du bénévolat à l'école pour sourds située près de la base, ce qui l'avait mis en rogne. Il avait eu l'impression que son commandant lui jetait son handicap à la figure et cela l'avait énervé. Il y était allé, mais il s'était juré que ce serait juste une fois pour apaiser Patrick.

Dès l'instant, où Cooper avait vu Kiera, il était tombé sous le charme.

Sous le charme. Une expression vraiment nunuche pour exprimer ce qu'il ressentait. Peu importait qu'elle ait dix ans de plus que lui et soit largement hors de sa portée. À la seconde où il l'avait vue signer avec un enfant au milieu du réfectoire, il avait voulu apprendre à mieux la connaître.

Il avait vu tellement de choses sombres au cours de ses vingt-sept ans d'existence sur cette terre ; des choses que personne n'aurait dû voir, et encore moins vivre. Mais il l'avait su dès le début. Il avait su qu'être dans les forces spéciales n'avait rien à voir avec les missions de sauvetage qu'on voyait dans les films. Cela dit, la réalité avait été bien plus rude que ce qu'il aurait pu s'imaginer. Des membres éparpillés dans le sable après une explosion, des otages qu'on avait tellement abusés qu'ils n'étaient plus que l'ombre d'eux-mêmes, du sang, des boyaux, de la charpie... et le pire de l'humanité.

Il ne se souvenait pas de grand-chose après l'explosion qui lui avait retiré son ouïe... Il se rappelait simplement avoir ressenti une douleur terrible dans ses oreilles, puis le sang en avait coulé comme si on avait ouvert un robinet à fond.

Mais voir le sourire de Kiera quand on les avait présentés l'un à l'autre avait quasiment fait disparaître tout ce qu'il avait vu et fait. Elle était sa récompense ; seulement, elle ne le savait pas encore.

Alors quand Patrick lui avait dit sans la moindre subtilité que Kiera serait présente à la fête que donnerait son épouse ce soir-là, Cooper avait bondi sur l'opportunité de lui parler en dehors du travail. Pour discuter d'autre chose que l'apprentissage de la langue des signes, de savoir si sa prothèse fonctionnait, et ce qu'il pensait des repas scolaires qu'il mangeait avec les enfants.

Mais ses désirs de discuter avec elle dans un environnement neutre avaient disparu comme neige au soleil quand il s'était rendu compte qu'il ne serait jamais capable de l'entendre dans une pièce bruyante, et quand sa tête avait commencé à lui faire mal.

— Viens, lui ordonna Kiera.

Cooper n'avait pas vraiment entendu les mots, mais les avait lus sur ses lèvres. Elle le surprit vraiment quand elle baissa la main et maria ses doigts aux siens, l'entraînant à l'écart. Sans protester – car Kiera pouvait lui prendre la main quand elle le désirait –, Cooper la suivit docilement.

Si ses anciens coéquipiers avaient été là pour le voir, ils auraient certainement fait leurs choux gras de la situation. Cette femme qui lui avait pris la main n'aurait jamais été capable de le faire bouger d'un centimètre s'il n'avait pas voulu la suivre, mais il en avait envie. Il ne savait pas où elle l'emmenait, mais peu importait. Il l'aurait suivie jusqu'au bout du monde. Et avoir un point de vue privilégié sur ses fesses dans cette jupe était tout bénef. Alors même s'il avait l'impression que des centaines de gnomes lui attaquaient l'intérieur du crâne avec des petits marteaux, il sourit.

Alors que la petite femme le guidait vers la porte d'entrée de la boutique, Cooper déposa au passage le verre de champagne qu'il n'avait pas bu sur une table. Il remarqua d'un air absent que Kiera écartait de la main trois personnes, ne s'arrêtant pas pour parler, pas même par politesse. Il appréciait. Il avait besoin d'air frais. Vraiment. Avant que la nausée qui tournoyait au plus profond de son ventre ne le submerge. Il ne pensait pas que Julie apprécierait s'il vomissait partout sur le plancher de sa boutique.

Voyant que Patrick le regardait, Cooper leva le

menton en signe d'au revoir. En retour, l'autre homme lui adressa un geste de la main qui signifiait « fais attention ».

Kiera ne lui donna pas le temps de répondre, mais Cooper avait compris la mise en garde de Patrick. Kiera était amie avec son épouse. S'il s'en prenait à elle, il s'en prenait à son ancien commandant. Mais Cooper n'avait aucune intention de faire des trucs louches à Kiera... du moins pas dans le sens que semblait comprendre Patrick.

Il se fit rapidement la remarque que les gestes que les équipes utilisaient pour communiquer entre eux quand ils ne pouvaient pas se parler ressemblaient beaucoup à la langue des signes, mais avant qu'il ne puisse s'y étendre davantage, ils étaient sortis de la petite boutique.

Le silence immédiat de la nuit fut une vraie béatitude. Même le bourdonnement dans son oreille gauche devint tolérable. Kiera ne s'arrêta pas, mais continua d'avancer comme si elle avait une destination spécifique à l'esprit. Cooper ne protesta pas.

Elle les mena le long des boutiques indépendantes situées dans la rue où se trouvait celle de Julie, jusqu'à ce qu'ils parviennent à un petit square. Cela lui rappelait ceux dans les villes rurales où il avait grandi, dans le Midwest. Il ne manquait qu'un grand hôtel de ville. Il y avait un bâtiment au milieu de cette zone – Cooper ne savait pas ce qu'il contenait –, entouré d'une pelouse verte, une fontaine sur le côté, et une multitude de bancs. C'était un endroit cosy où l'on pouvait faire une pause pendant le shopping, où les employés déjeunaient, et où les parents pouvaient emmener leurs enfants pour respirer un peu d'air frais au lieu de rester enfermés.

Kiera le mena jusqu'à un banc et s'arrêta. Le montrant du doigt, elle lui fit le signe de s'asseoir. Les lèvres de Cooper se plissèrent, mais il lui obéit.

Quand ils se furent tous les deux installés, elle leva la tête vers lui en fronçant les sourcils, lui donnant l'opportunité de lire sur ses lèvres au cas où ses oreilles auraient encore bourdonné :

— Quand tu es dans un petit espace fermé avec beaucoup de gens, tu devrais éteindre ta prothèse. Ça ne fera que te donner mal à la tête.

Elle avait raison.

— C'est vrai.

Il essaya sans succès de contrôler le volume de sa voix. Il savait qu'il parlait parfois trop fort et que d'autres fois, il murmurait sans s'en rendre compte et son interlocuteur était forcé de lui demander de répéter ce qu'il venait de dire. Mais il ne comprit pas si Kiera avait trouvé le volume approprié ou pas.

— Je sais, se contenta-t-elle de répondre.

Cooper ne parvint plus à contenir son sourire.

— Comment as-tu deviné ?

— Que tu avais mal ?

Il hocha la tête.

— Eh bien, à part le fait que tu fronçais constamment les sourcils, que tu n'arrêtais pas d'incliner la tête à gauche comme pour bloquer le bruit, que tu t'es tripoté l'oreille plusieurs fois et que tu plissais les paupières ?

Cooper s'arrêta de sourire. Bon sang ! Il n'avait pas dissimulé son malaise aussi bien qu'il l'avait cru.

— Oui, à part ça.

Kiera posa une main sur sa jambe. La chaleur de son contact faillit l'embraser. Il se figea, ne voulant pas se déplacer d'un centimètre si cela signifiait qu'elle allait retirer sa main.

— Et d'une, j'ai vu des enfants malentendants dans ma classe qui se comportaient exactement pareil que toi en présence de bruits trop forts. Je n'ai pas compris tout de suite parce je suis habituée à observer ma classe pour repérer si quelqu'un est gêné par sa prothèse auditive, pas une fête comme celle de ce soir. Et deuxièmement, tu étais malpoli. Tu n'as parlé à personne. Tu ne m'as même pas dit bonjour.

— Je suis désolé. Je...

— Non, ne t'excuse pas. Moi aussi, si mes oreilles bourdonnaient et qu'un marteau-piqueur me martelait le crâne, je ne voudrais parler à personne.

Elle sourit en disant cela, et Cooper put voir la sincérité dans ses yeux.

— Comment sais-tu ce que ça fait ?

— Je ne le sais pas. Pas vraiment. Mais j'ai parlé avec suffisamment d'élèves qui m'ont décrit cette sensation pour avoir appris à la reconnaître. Avec toi, ça m'a simplement pris plus de temps.

Comme elle ne poursuivait pas, Cooper demanda :

— Pourquoi ?

Une légère rougeur monta alors le long du cou de Kiera, gagnant ses joues et lui donnant le teint rose. Elle retira sa main de la sienne et serra les mains sur son giron avant de détourner le regard de lui tout en haussant les épaules.

Cooper plaça doucement un index sous son menton et le fit tourner vers lui.

— Pourquoi ? répéta-t-il.

— J'étais vexée que tu n'aies pas l'air de vouloir me parler, lâcha Kiera avant de pincer les lèvres.

— Je suis désolé.

— Non, c'est bon. C'est vraiment bête. C'est

simplement que… je reste généralement à la maison pendant le week-end. Je suis de nature introvertie, et après une semaine à l'école à devoir parler aux autres instits et aux parents, je suis épuisée. Mais quand Julie m'a dit que tu viendrais à sa fête, j'ai pensé qu'on pourrait peut-être se parler en dehors de l'école.

Elle haussa les épaules, ne détournant pas les yeux de lui.

— Alors je suis venue, mais tu as tout fait pour éviter de me regarder. Ça m'a blessée. Mais je comprends maintenant. Ce n'est pas très grave.

Le ventre de Cooper se serra. Cette fois, ce n'était pas à cause de la nausée. Kiera avait en envie de lui parler. Elle était venue à cette fête pour le voir. Il s'était senti pareil quand il avait dix ans et que Renée Vanderswart avait dit qu'il avait le droit de l'accompagner jusqu'à son arrêt de bus un jour après l'école. Abasourdi. Plein d'enthousiasme.

Il posa une main sur celles qu'elle tenait sur ses genoux.

— La seule raison pour laquelle je suis venu est parce que Patrick m'avait dit que tu serais là.

Cooper vit ses yeux bleus s'illuminer.

— Vraiment ?

— Oui, confirma-t-il. Mais le temps que j'arrive,

c'était déjà bondé. À la seconde où je suis entré dans le magasin, ma prothèse a commencé à bourdonner. Je savais que je ne serais pas capable d'avoir une vraie conversation avec toi, et j'étais trop entêté et embarrassé pour la retirer et essayer de la régler. Alors je me suis dit que j'allais rester juste assez longtemps pour être poli, puis je me casserais. J'avais déjà décidé que je t'expliquerais tout à l'école dans quelques jours.

— Je comprends.

— Je ne crois pas, non, contra Cooper.

Elle inclina la tête et fronça les sourcils.

— Kiera, je voulais t'impressionner. Mais je savais que je n'aurais pas été capable de m'entendre parler, et que je ne savais absolument pas si je criais ou murmurais. Sans parler du fait que je n'aurais pas été capable d'entendre ce que tu m'aurais dit. J'arrive à mieux lire sur les lèvres, mais j'ai encore beaucoup de chemin à parcourir. Et puisqu'on est en train de se dire les choses, je n'arrive toujours pas à savoir si je parle trop fort ou trop doucement, mais je t'entends vraiment bien pour le moment, alors c'est positif.

— Tu t'en sors bien, le rassura-t-elle.

Cooper lui pressa les mains.

— Ce que je veux dire est que j'ai envie que tu

me voies comme un homme, Kiera. Pas comme un ancien soldat blessé. Pas comme un élève.

Elle le dévisagea pendant un long moment et Cooper sentit son cœur battre la chamade. C'était ridicule. Il avait attendu pendant des heures, à regarder dans le viseur d'une carabine, le bon moment pour tirer, sans ressentir ce genre de poussée d'adrénaline.

Kiera inspira profondément, mais ne détourna pas le regard de lui. De bien des façons, elle était des centaines de fois plus courageuse qu'il l'avait jamais été.

— J'ai l'âge d'être ta mère.

Cooper la regarda un instant avant de jeter la tête en arrière et d'éclater de rire. Quand il se reprit, il regarda à nouveau Kiera et ricana à nouveau. Elle le fusillait à présent du regard en plissant les paupières et il passa un index entre ses sourcils.

— La seule façon dont tu aurais pu devenir ma mère est si tu avais été sexuellement active à l'école primaire, ma belle.

— Tu ne comprends pas ce que je veux dire, souffla-t-elle en essayant de libérer ses mains des siennes. Et d'ailleurs, comment sais-tu quel âge j'ai ?

Cooper devint sérieux.

— Je comprends très bien et j'ai demandé à Patrick.

Elle en resta bouche bée.

— Tu as demandé à Patrick ?

— Ouais. Il a posé la question à sa femme, elle le lui a dit, et il me l'a répété. Tu as 37 ans. Ça fait dix ans que tu enseignes à l'école pour malentendants de Riverton. Ta mère est sourde et c'est comme ça que tu as appris à signer. Tu n'as jamais été mariée et tu n'as pas eu de relation sérieuse depuis au moins cinq ans. Tu as rencontré Julie quand tu as emmené les enfants faire une visite de la base. Elle t'a donné un pantalon de rechange quand un de tes élèves a eu un accident.

Kiera ne sut pas quoi répondre.

Cooper sourit, aimant avoir le dessus, aimant cette danse. Cela faisait trop longtemps qu'il lui tournait autour. Il était temps qu'il arrête et qu'il lui avoue ses sentiments.

— Oui, j'ai posé des questions, Kiera. Je voulais tout savoir de toi.

— Pourquoi ?

— Tu ne t'en doutes pas ?

Pour la première fois, elle baissa les yeux et sa rougeur revint.

— J'ai envie d'apprendre à te connaître. Je veux

savoir ce que tu aimes manger, connaître ton enfance. J'ai envie de rencontrer tes parents, même si j'espère qu'avant, tu m'apprendras à mieux maîtriser la langue des signes. Je veux être capable de parler à ta mère et qu'elle me raconte comment tu étais quand tu étais enfant. Je veux savoir à quoi ressemble ta maison, si tu sais cuisiner et ce que tu aimes regarder à la télévision.

Elle se mordit la lèvre et inspira profondément.

Cooper se força à continuer :

— J'ai envie de toutes ces choses, mais je sais que tu pourrais avoir un homme bien mieux que moi. J'ai vu des choses qui te terrifieraient. Des choses auxquelles je ne veux plus jamais penser, dont j'aimerais ne plus jamais parler. J'ai tendance à être brut de décoffrage et à tenir des propos déplacés. Je n'ai aucune patience avec les gens stupides et je ne suis pas certain de vouloir des enfants. Je n'ai aucun diplôme et je suis handicapé. J'ai peur de ne pas être capable de protéger une femme comme je le devrais, comme je ne peux pas entendre ce qu'il se passe autour de moi, et c'est nul.

— Cooper..., commença Kiera, mais il l'interrompit, voulant finir ce qu'il avait à dire.

— Peu m'importe que nous ayons dix ans d'écart. J'ai 27 ans, mais parfois, j'ai l'impression d'en avoir

87. Ce n'est pas une question d'âge, mais c'est une sensation à l'intérieur de moi qui me crie que tu es la raison pour laquelle cette bombe ne m'a pas fait exploser. C'est ce qui aurait dû se passer, Kiera. Je me tenais pile à côté. Je sais que ça a l'air fou, mais je crois que tout arrive pour une raison déterminée, et la raison est que j'ai perdu l'usage de mes oreilles pour te rencontrer. Je te demande simplement de me donner une chance. Donne-moi une chance de te montrer que je ne suis pas un connard... enfin, pas envers toi. Je jure que si tu me laisses entrer dans ta vie, je ferai tout ce qui est en mon pouvoir pour te rendre les quarante prochaines années meilleures que les premières.

Cooper s'interrompit, voyant les émotions tourbillonner dans le regard de Kiera. Il retint son souffle, attendant sa réponse.

CHAPITRE TROIS

Kiera dévisagea Cooper, incrédule. Ce qu'il venait de dire était tellement important... qu'elle ne savait pas par où commencer.

Il avait fait des recherches sur elle. *Elle*. Et il n'avait pas simplement demandé par simple politesse, sinon par véritable intérêt.

Mais une chose ressortait dans ce qu'il venait de dire.

— Tu n'es pas handicapé.

Cela le fit tire.

— Désolée de te contredire, mais je le suis.

Kiera secoua la tête avec véhémence.

— Gandhi a dit une fois que la force ne découle pas des capacités physiques, mais d'une volonté invincible. Mon autre citation favorite vient d'Oscar

Pistorius. C'est ce sprinter d'Afrique du Sud qui a été amputé des deux jambes sous les genoux quand il était bébé.

— Je sais qui c'est, répondit Cooper avec un sourire. Ce n'est pas lui qui a été reconnu coupable du meurtre de sa petite amie ?

— Oui, mais ça n'est pas la question. Ou au contraire, ça souligne d'autant plus ce que je viens de dire. Je parie que s'il s'était considéré comme handicapé, il n'aurait pas été capable de tuer qui que ce soit. Quoi qu'il en soit, j'allais te répéter une chose qu'il a dite : « On n'est pas en incapacité à cause de son handicap, mais rendu capable par ses capacités. »

— Je ne suis pas certain que mes capacités soient désirables ou bien utiles à la société, répliqua sèchement Cooper.

Kiera posa une main sur sa jambe et lui dit doucement :

— J'enseigne à mes élèves qu'ils peuvent devenir ce qu'ils veulent. Ils peuvent faire ce qu'ils veulent. Ils ont peut-être besoin de quelques ajustements pour faire avec, mais simplement ne jamais avoir vu de chanteur d'opéra sourd ne signifie pas qu'il n'en existera jamais.

— Je parie que si je cherche sur Google, j'en trouverai un, lui dit Cooper.

— Ce n'est pas la question, souffla Kiera en se calant contre le dossier du banc, frustrée.

— Je sais, je te taquinais, c'est tout. Je te promets d'avoir une meilleure attitude concernant ma surdité, mais tu devras me donner du temps. J'étais un soldat d'élite, ma belle. Un des hommes les plus redoutés et respectés de l'armée. À présent, je n'ai plus de travail et j'ai du mal à décider de ce que je vais faire durant le reste de ma vie. Toutes ces choses que j'avais tenues pour acquises me sont impossibles à présent, et c'est... difficile.

En cet instant, Kiera ressentit plus de respect pour Cooper que pour n'importe qui d'autre. Il n'avait aucun mal à admettre qu'il était en difficulté depuis qu'il avait pris sa retraite. Elle décida de passer à autre chose et de commenter un des points qu'il avait abordés plus tôt.

— Premièrement, vous êtes plus... viril... que la plupart des hommes que j'aie jamais rencontrés. Que vous soyez capable d'entendre ou pas ne pourra jamais changer ça.

Il ne sourit pas, mais à ces mots, ses pattes d'oie s'approfondirent... comme s'il souriait avec ses yeux.

Elle poursuivit, espérant l'avoir convaincu sur ce point en particulier :

— Ça ne me fait rien que tu tiennes parfois des propos déplacés. Je suis trop vieille pour me préoccuper de ce que pensent les autres de moi ou de mes amis. Les gens stupides me courent sur le haricot. J'aime les enfants et passer ma journée avec eux, mais j'aime aussi pouvoir retrouver mon appartement silencieux, me détendre et boire un verre de vin. Je ne suis même pas certaine de vouloir des enfants à ce point-là de mon existence.

C'était la première fois qu'elle prononçait ces mots à haute voix et quelque part, ils étaient libérateurs.

— La société pense que les femmes qui ne veulent pas enfanter sont dérangées dans leur tête. Mais ma vie me plaît. J'aime être capable de partir en vacances où et quand je veux. Et je me fiche que tu n'aies pas de diplôme. Tu es intelligent, tu as les pieds sur terre, et je préfère passer du temps avec toi qu'avec les autres gens soi-disant éduqués de ma connaissance. Tu n'es pas obligé de me protéger. Ça fait très longtemps que je m'occupe de moi. Et si tu n'arrives pas à entendre quelque chose d'important, ça ne me fait rien de te l'expliquer.

Ils se regardèrent pendant un long moment.

— Ça veut dire que notre différence d'âge ne te fait rien ? demanda doucement Cooper, si doucement que Kiera parvint à peine à l'entendre.

— Pas vraiment, répondit-elle honnêtement.

Quand elle le vit froncer les sourcils de frustration ou d'incrédulité – elle ne savait pas quoi –, elle se hâta d'expliquer :

— Si on se met ensemble, j'ai peur que dans quelques années, tu penses que tu auras gâché ta jeunesse, que tu seras passé à côté de quelque chose. Je friserai la cinquantaine que tu auras toujours 30 ans. Je serai en pleine ménopause quand tu...

Cooper mit un terme à ses propos incohérents en lui plaquant une main sur la bouche. Puis quand elle s'arrêta de parler, il retira sa main jusqu'à ce que ses doigts viennent reposer à l'arrière de son cou et que son pouce frôle sa joue.

— Si tu me donnes ma chance et qu'on se met ensemble, je ne regretterai jamais une seule seconde du temps qu'on aura passé ensemble. Je suis loin d'être un moine, mais tout désir que j'aurais pu ressentir à l'idée de ramener une femme à la maison s'est tari à la seconde où la bombe a explosé. Je n'ai eu personne à qui parler ou qui soit resté à mon chevet pendant ma convalescence... et j'ai réalisé tout le temps que j'avais perdu. Je ne veux pas d'un coup sans lendemain. Je souhaite une relation sincère avec une femme qui veut passer le reste de sa vie à mes côtés. Donne-moi une chance, Kiera. Une chance de te montrer que je ne suis pas un gros nul. Que je peux être le genre d'homme qui te traitera comme tu le mérites.

— Promets-moi une chose, dit Kiera.

— N'importe quoi.

— Que si tu changes d'avis, si notre différence d'âge commence à te déranger, si tu veux des enfants, ou bien si tu t'ennuies à rester à glander devant la télé le samedi soir, tu m'en parleras. Ne me trompe pas, ne me frappe pas, ou ne fais pas autre chose pour m'obliger à casser avec toi.

— Je te le promets, répondit-il du tac au tac. Mais laisse-moi te dire une chose tout de suite : ça n'arrivera jamais. D'abord, je serais vraiment idiot de te tromper. Je sais d'avance qu'on va être super chauds au lit ensemble. Je n'ai jamais été aussi excité qu'en me retrouvant assis ici à te tenir la main. Je sais que tu seras extraordinaire si on couche ensemble un jour. Et après avoir passé les dernières années au sein d'une équipe, je n'imagine rien de mieux que de passer toutes mes soirées avec toi à ne rien faire. J'ai connu assez d'aventures pour toute une vie. Et je ne te ferai absolument jamais de mal. C'est impossible.

— Mais si...

— Pas de *si*, de *et*, ou de *mais*, ma belle. Mais si ça te permet de me sentir mieux, oui, je promets de te le dire directement si je ne pense pas que les choses fonctionnent entre nous, pour qu'on puisse tous les deux tourner la page sans se déchirer.

Kiera poussa un soupir de soulagement puis hocha la tête.

Ils se regardèrent pendant un long moment avant qu'elle ne demande :

— Ton mal de crâne ?

— C'est mieux.

Elle posa une main sur son visage comme il le faisait pour elle, lui caressant la joue avec le pouce.

— Alors... qu'est-ce qu'on fait, maintenant ?

— On s'embrasse pour officialiser la chose ?

Elle sourit légèrement.

— Tu es très efficace.

— Comme un soldat, sourit-elle.

— Ça me plaît.

Cooper avança la tête vers elle et Kiera retint son souffle. Si on lui avait posé la question, elle n'aurait jamais deviné que c'est ainsi que la nuit se terminerait, particulièrement pas après avoir vu Cooper rester dans son coin, sur ses gardes, repoussant tous ceux qui essayaient de s'approcher de lui.

Kiera ferma les yeux et à la seconde où leurs corps entrèrent en contact, elle jura qu'elle voyait des étoiles. Il frôla ses lèvres des siennes d'un geste hésitant, puis avec plus d'assurance la seconde fois. Kiera resserra sa prise sur son cou et l'attira vers elle, lui disant sans paroles à quel point elle appréciait son contact.

Quand la langue de Cooper vint caresser sa lèvre inférieure, elle en resta bouche bée, lui donnant l'accès qu'il avait manifestement attendu. Il lui inclina alors la tête à un angle plus approprié et il ne perdit pas de temps à plonger à l'intérieur de sa bouche.

Il se servait de sa langue aussi bien qu'elle se l'imaginait manier une arme : avec une précision et une assurance absolues. Il savait ce qu'il faisait... et Kiera n'avait qu'à apprécier l'expérience. Il alternait entre des attaques autoritaires qui imitaient à la perfection ce qu'elle aurait désespérément voulu qu'il fasse à son corps plus tard, et des caresses faciles et douces.

Au bout de quelques instants, il se recula et frotta leurs nez l'un contre l'autre. Kiera ouvrit les yeux et le regarda en s'humectant les lèvres, y sentant le goût de Cooper.

— Alors... qu'est-ce qu'on fait maintenant ? répéta-t-elle.

Cooper sourit.

— Maintenant ? On sort ensemble. On apprend à se connaître. On flirte sur ton lieu de travail. On se vole des baisers. Tu continueras à m'apprendre à signer et je te traiterai comme si tu étais la chose la plus importante dans ma vie.

— J'ai l'impression que tu n'auras aucun mal à apprendre la langue des signes, à en juger par les deux dernières semaines, lui dit Kiera.

Elle avait été impressionnée par la vitesse à laquelle il avait été capable d'intégrer les bases, et elle savait qu'il parlerait couramment très vite.

Cooper se pencha en avant, l'embrassa à nouveau, un baiser bouche fermée qui la rendit quand même toute chose, puis il redressa.

— J'ai une bonne prof. Allez, viens, je vais t'accompagner à ta voiture.

Avec un sourire, Kiera se leva et ils se dirigèrent vers le parking, main dans la main.

* * *

Le lendemain matin, Cooper traversa le bâtiment de la base de la marine qui était autrefois un peu comme chez lui. Il salua du menton les quelques soldats d'élite qui étaient présents. Il avait appris à bien mieux connaître certains d'entre eux depuis sa blessure. Il avait craint qu'une fois sa retraite prise, il ne connaîtrait plus jamais le genre de camaraderie à laquelle il s'était habitué de la part de son équipe, mais les hommes, et parfois leurs épouses, étaient restés présents pendant toute sa convalescence. Ils lui avaient apporté à manger, lui avaient rendu visite et l'avaient encouragé à s'entraîner avec eux tôt le matin.

Un homme avec des cheveux poivre et sel, ainsi qu'une moustache et une barbe bien taillées, ancien membre des forces spéciales, était assis à un bureau positionné devant l'entrée du bureau de Patrick Hurt. Il leva la tête quand Cooper s'approcha de lui.

— Salut, Coop. Ça a l'air d'aller.

— Merci, Cutter. Comment ça va ?

— Je n'ai pas à me plaindre, répondit Slate Cutsinger, dit Cutter. Hurt t'attend.

Cooper n'avait entendu que la moitié de ce qu'il venait de dire, mais il avait compris le message. Patrick l'avait invité à la base pour un entretien dans la matinée. Par le passé, Cooper aurait pu s'emporter contre cet homme qui ne cessait de s'immiscer dans sa vie, mais ce matin-là, après avoir embrassé Kiera la veille et appris qu'elle était d'accord pour sortir avec lui, il n'aurait pas vraiment pu s'irriter de quoi que ce soit.

Il poussa la porte du bureau de son ancien commandant et pila net. Il avait pensé que Patrick serait seul, mais au lieu de cela, un autre homme était déjà installé sur une des chaises devant le grand bureau. Cooper ne le reconnut pas, mais il sut immédiatement que c'était un agent des forces spéciales, en exercice ou bien à la retraite. C'était quelque chose qu'il n'aurait pas pu expliquer à ceux qui n'appartenaient pas à son cercle. C'était simplement un ressenti.

Ses cheveux sombres et ses yeux bruns auraient pu laisser croire qu'il n'était qu'un jeune homme mignon, mais on s'y serait trompé. La capacité de tuer paraissait émaner de tous ses pores, même en position assise.

Machinalement, Cooper leva la main à son oreille gauche et appuya sur sa prothèse. Il la sentit se déplacer dans son canal auditif et il poussa un soupir de soulagement en entendant la chaise de Hurt grincer quand celui-ci se redressa.

— Merci d'être venu, Coop, dit Hurt.

Cooper se concentra sur les lèvres de l'autre, ce qui, avec l'amplification de sa prothèse, lui permettrait de le comprendre. C'était un soulagement. Il avait instinctivement envie d'être au mieux de sa forme avec l'inconnu.

— Pas de problème. Que se passe-t-il ?

— J'aimerais que vous rencontriez un ami à moi. John Keegan... aussi connu sous le nom de Tex.

Cooper se tourna vers l'autre homme et lui tendit la main.

— *Le* Tex ?

— Le seul et l'unique, répondit Tex avec un petit sourire sur son visage tandis qu'il lui secouait la main.

— Waouh, c'est super de vous rencontrer.

Tex sourit.

— Pareillement. Je n'ai entendu que de bonnes choses sur vous, alors quand Hurt m'a appelé pour me demander mon aide, j'ai décidé de faire le voyage. Ça faisait longtemps que je n'avais pas vu mes amis.

Cooper avait entendu parler de Tex ; Hurt avait souvent parlé de lui. Ancien membre des forces spéciales, Tex avait perdu sa jambe, et à présent, il aidait le commandant – et probablement beaucoup d'autres équipes top secrètes – lors de leurs missions. C'était un génie de l'informatique et même si Cooper ignorait la majeure partie de ce qu'il faisait, il en savait assez pour savoir que les forces spéciales et le gouvernement américain avaient de la chance qu'il soit de leur côté.

— Tout va bien ? demanda Cooper à Hurt. Pourquoi Tex est-il ici ?

— Comme vous le savez probablement, Tex réside sur la côte Est avec sa femme, Melody. Il m'aide – ainsi que d'autres commandants partout dans le pays – à obtenir des informations. Il connaît beaucoup de militaires, actifs ou à la retraite, de membres des forces spéciales ou d'agents de la Delta Force qui ont été blessés durant leur service ou bien qui ne veulent plus faire partie d'une équipe.

Cooper dévisagea Tex avec un peu plus d'attention tandis que Hurt poursuivait. Sa réaction initiale envers Tex, avant qu'il n'apprenne qu'il était le fameux ancien soldat d'élite, avait été correcte. C'était bon de voir qu'il n'avait pas perdu toute son intuition après avoir été blessé et avoir quitté son équipe.

— Je lui ai demandé de venir pour passer quelques jours à vous parler. Je sais que vous avez vu des psychologues de la marine, mais personne ne peut comprendre ce que vous traversez mieux que quelqu'un qui a connu la même chose.

C'est alors que Tex interrompit Patrick :

— Écoutez, je ne comprends pas ce que c'est que

de perdre l'ouïe. Ma jambe me donne des soucis de temps en temps, mais ce n'est pas la même chose que de perdre l'ouïe, la vue ou quoi que ce soit d'autre. Je ne suis pas ici pour vous dire comment gérer ça. Hurt m'a demandé de venir vous parler de ma transition à la vie civile.

Cooper cligna des paupières. Ce n'était absolument pas ce qu'il avait cru que l'autre homme allait lui dire. Des tas de gens lui avaient dit qu'il devait surmonter la perte de son ouïe et décider de ce qu'il allait faire du reste de sa vie. Mais personne ne comprenait ce que c'était que de passer du fait d'être appelé par son pays, prêt à partir à la moindre seconde, à rester à attendre dans un appartement sans que personne n'ait besoin de lui, sans même être capable d'entendre le téléphone sonner.

Son premier instinct fut de balancer à Tex d'aller se faire voir, que sa transition se passait bien, merci bien ! Mais il pensa alors à Kiera. Il voulait être digne d'elle, mais il avait peur de la perdre s'il ne se donnait pas un bon pied au cul et découvrait sa vocation. Cet ancien soldat saurait peut-être l'aider.

— Je ne peux pas dire que je sois ravi que Hurt ait fait les choses dans mon dos, mais ça me ferait plaisir de vous retrouver autour d'une bière ou deux. Mais pas dans un bar. Je n'entends rien.

— Sans problème, répondit Tex avec un petit rire.

— Bon, si les présentations sont finies, il faut que j'y aille.

— Vous avez trouvé un emploi dont j'ignore l'existence, Coop ? demanda Hurt en se penchant en avant sur sa chaise.

Cooper lui adressa un sourire satisfait.

— Non, *Papa*. Je suis bénévole dans cette école pour sourds où vous m'avez fait du chantage pour que je me rende il y a quelques semaines.

Hurt afficha une expression qui respirait la suffisance.

— Laissez-moi deviner… La classe de mademoiselle Hamilton ?

— Lâchez-moi la grappe, dit Cooper sans emportement.

— Mademoiselle Hamilton ? s'enquit Tex.

— C'est une enseignante de l'école. J'ai pensé que cela ferait du bien à Coop de voir la facilité avec laquelle un enfant sait s'adapter à vivre sans pouvoir entendre.

— Et n'est-ce pas un bonus que Kiera soit amie avec Julie ? demanda Cooper.

— Vous me devez toujours une fière chandelle de vous l'avoir envoyée, rappela Tex au commandant.

Hurt sourit et leva les yeux au ciel. Puis il se tourna vers Cooper et devint sérieux.

— Kiera est une personne géniale. Elle travaille dur et est très proche de Julie. Mais plus que ça... Je vous apprécie, Coop. Alors si vous vous mettez en couple avec une amie de ma femme, je vous verrai davantage. Et ça me fait plaisir aussi.

Coop ne sut pas exactement quoi lui répondre. Mais c'était vraiment une bonne sensation de savoir que son ancien commandant était plus qu'un simple patron. Il était également un ami.

— Bon, maintenant... fichez tous les deux le camp de mon bureau pour que je puisse travailler, dit Hurt, mettant un terme à cette émouvante discussion. Et dites bonjour à Kiera de ma part.

Cooper et Tex se redressèrent d'un même mouvement. Ils saluèrent Patrick du menton et sortirent de son bureau.

— Coop ! l'appela Cutter.

Cooper ne l'entendit pas et poursuivit vers la porte. Alors Tex lui toucha le bras et désigna du menton l'assistant administratif.

Combattant son réflexe de s'excuser de ne pas

avoir entendu qu'on l'appelait, Cooper se tourna vers l'autre homme plus âgé et haussa des sourcils interrogateurs.

— Wolf et le reste de son équipe vous ont mis au défi, Tex et vous... Façon de parler. Ils pensent que vous vous ramollissez depuis que vous avez pris votre retraite. Ce soir. À 18 heures. Sur la plage.

Les yeux de Cooper pétillèrent.

— Vous voulez venir avec nous, mon vieux ? demanda-t-il.

Cutter sourit.

— Absolument.

— Alors, on se voit tout à l'heure, dit Cooper.

— D'accord, répondit Cutter.

Alors que Tex et lui regagnaient leurs voitures garées sur le parking, l'ancien soldat commenta :

— Pour être honnête, je ne sais pas pourquoi Hurt m'a demandé de venir ici. Comprenez-moi, je suis content de passer du temps avec mes amis, mais vous avez l'air de vous débrouiller parfaitement bien.

Cooper haussa les épaules.

— Peut-être. Peut-être pas. Mais j'aimerais vraiment connaître votre histoire. Je ne sais même pas comment vous avez rencontré votre femme.

Tex sourit.

— Je l'ai traquée sur internet.

Choqué, Cooper le regarda d'un air incrédule.

Tex ricana.

— On s'est rencontrés en ligne. Elle se faisait harceler et elle a coupé tout contact avec moi. Alors je l'ai retrouvée.

— Et on a arrêté son harceleur ? demanda Cooper.

Tex hocha la tête.

— J'ai hâte d'entendre cette histoire.

— Et je vais vous la raconter... en buvant une bonne bière.

— J'ai hâte.

Et pour une fois, Cooper ne disait pas cela parce qu'il pensait que c'était ce que l'autre personne voulait entendre. Il le pensait vraiment.

Les deux hommes se tapèrent dans le dos et grimpèrent dans leurs véhicules respectifs.

Même s'il avait hâte d'entendre l'histoire de Tex, Cooper oublia tout de l'autre homme et de la compétition sur la plage. Il avait plutôt hâte de revoir Kiera.

CHAPITRE QUATRE

Kiera sourit quand Cooper toqua à la porte de sa salle de classe. Le principal l'avait informée que Cooper s'était porté volontaire pour l'assister dans sa classe ce jour-là. Même s'il était venu à l'école de nombreuses fois au cours des deux mois précédents, ce n'avait jamais été dans sa classe. Elle avait essayé de ne pas se vexer, mais elle devait bien admettre que c'était ce qu'elle avait ressenti.

Elle venait de faire s'asseoir ses CP devant leurs tablettes quand Cooper se présenta. Les élèves regardaient des vidéos accompagnant un livre enregistré et ils signaient en même temps. Familiariser les petits avec le mot écrit, une image et le signe correspondant était impératif pour leur développement cognitif. Ils apprenaient généralement plus lentement que les enfants entendants, mais elle avait découvert que la plupart avaient soif de connaissance et qu'une fois qu'ils avaient appris à lire, ils comprenaient rapidement et associaient les mots aux signes correspondants.

Elle s'approcha pour le saluer et rougit tandis qu'il regardait ses lèvres comme s'il avait envie de la dévorer sans attendre dans l'encadrement de la porte.

— Salut.

— Salut. J'arrive au mauvais moment ?

Kiera secoua la tête.

— Pas du tout. Je viens de les installer devant leurs livres. Mais pourquoi ne t'es-tu jamais porté volontaire dans ma classe avant ?

— Je ne suis pas au top avec des enfants aussi petits, admit Cooper en la suivant dans la pièce. Je peux impressionner les plus âgés avec mon passé, mais les plus petits ne se laissent pas conquérir aussi facilement.

— Ça va aller, lui dit Kiera, d'autant plus séduite par ses insécurités. Attends ici pendant que j'attire leur attention, dit-elle à Cooper tout en désignant un endroit à l'avant de la pièce.

Le voyant hocher la tête, elle fit le tour de la salle, posant la main sur l'épaule de chaque enfant et leur faisant un signe.

Une fois qu'elle eut obtenu l'attention générale, elle signa tout en parlant :

— Les enfants, voici Cooper Nelson. Il est venu pour lire avec vous.

Une petite fille leva la main pour poser une question.

— Oui, Becca ?

Les mains de la petite fille se déplaçaient lentement, mais elle était visiblement en train de poser une question sur Cooper qu'elle désigna à plusieurs reprises.

Kiera répéta sa question pour tous les autres enfants de la classe. Elle avait remarqué que parfois, les enfants avaient du mal à comprendre les signes des autres et c'était un bon entraînement pour tout le monde de revoir les mêmes signes plusieurs fois.

— Becca a demandé si monsieur Nelson connaissait la langue des signes. Elle a aussi demandé s'il était sourd. Il connaît un peu la langue des signes, mais il vient juste de commencer à apprendre, tout comme vous. Cooper entend un peu de l'oreille gauche, mais il porte une prothèse auditive comme certains d'entre vous. Il est complètement sourd de l'oreille droite.

Un petit garçon leva la main et Kiera le désigna du doigt, disant tout en signant :

— Oui, Billy ?

Billy signa une question.

Cooper mit alors la main sur le bras de Kiera et demanda :

— Je peux répondre ?

Elle lui sourit et hocha la tête.

Cooper s'agenouilla par terre et tourna la tête vers les enfants, désignant sa prothèse auditive. Puis il signa lentement et avec imprécision :

— J'ai été trop près d'une...

Il s'arrêta, se tourna vers Kiera et haussa les épaules.

Elle sentit son cœur fondre. Il faisait beaucoup d'efforts, et se mettre au niveau des enfants était une chose dont la plupart des gens n'envisageaient pas l'impact. Elle prononça le mot rapidement tout en signant « explosion ». Puis elle sourit et se retourna vers les enfants, qui avaient observé les adultes avec de grands yeux.

— Une explosion, signa Cooper. Ça m'a fait perdre l'ouïe.

Six enfants levèrent immédiatement la main pour poser des questions et Kiera pouffa.

Ils passèrent les vingt minutes suivantes à faire des questions-réponses. Cooper fit tous les efforts du monde pour répondre à toutes leurs questions et Kiera l'aidait à trouver le signe correct quand il ne le connaissait pas, c'est-à-dire souvent.

Cooper répondit à des questions demandant s'il avait des cicatrices, s'il était marié, s'il avait des enfants, quel âge il avait, ce qu'il faisait dans la vie et si l'explosion lui avait fait mal. Il y répondit aussi honnêtement que possible et ne rit pas de certaines des questions bêtes que lui posèrent les petits.

L'émerveillement et l'adoration se lisaient clairement sur le visage de la plupart des enfants. Ce n'était pas souvent qu'ils voyaient un homme comme Cooper – un homme fort, grand et *masculin* – faire l'effort de leur parler dans leur langue. Son manque d'expertise évident le faisait paraître plus abordable à leurs yeux, comme le fait qu'il riait constamment de ses défaillances.

Mais juste alors que Kiera s'apprêtait à demander aux enfants de se remettre au travail, un petit garçon assis au fond de la salle de classe leva lentement la main. Elle dissimula sa surprise. Frankie était petit pour son âge et ne faisait pas beaucoup de progrès. Il signait à contrecœur et ne s'était pas fait d'amis dans sa classe depuis son arrivée. Il en était venu à pousser les enfants dans sa classe quand il ne les comprenait pas ou qu'il voulait décider de tout.

Kiera savait que son attitude résultait d'une situation familiale tumultueuse et du fait d'être nouveau, et elle avait de la peine pour lui. Le père de Frankie était content que son fils ait l'opportunité de rejoindre une école spécialisée. Ils avaient quitté Los Angeles pour s'installer à Riverton et tout reprendre à nouveau après un divorce conflictuel. Son ex-femme, une droguée, n'avait pas été jugée capable d'assumer la garde de leur fils. Jusqu'à récemment, elle avait eu le droit d'effectuer des visites supervisées auprès de Frankie. Mais après avoir échappé au superviseur nommé par le tribunal et avoir emmené Frankie au centre commercial pour se trouver de la drogue, on lui avait retiré ses droits parentaux.

Kiera comprenait que le petit garçon avait probablement du mal à gérer tous ces chamboulements dans sa vie, mais cela faisait deux mois qu'il avait commencé l'école et il ne s'améliorait pas. À ce niveau-là, le fait qu'il soit assez intéressé pour lever la main et poser une question tenait presque du miracle.

Elle désigna le petit garçon maigre et signa :

— Oui, Frankie ?

Il se servit principalement de l'alphabet pour épeler sa question, mais c'était compréhensible, quoiqu'un peu douloureux d'attendre qu'il ait terminé.

Kiera déglutit et coula un bref regard à Cooper avant de répéter pour le reste de la classe.

— Frankie a demandé ce que pensaient ses collègues militaires endurcis de l'armée en voyant Cooper se servir de ses mains pour s'exprimer comme une fiotte.

Quelques enfants en restèrent bouche bée et tournèrent brusquement la tête pour regarder Frankie avec de grands yeux. Kiera ne s'était pas rendu compte que c'était ce qu'il pensait de la langue des signes. C'était aussi déchirant que choquant.

Dieu merci, Cooper ne broncha pas. Il se redressa et se dirigea vers l'endroit où Frankie était assis. Une fois arrivé, il s'assit maladroitement par terre et croisa les jambes. Puis ce qu'il fit impressionna Kiera.

Il se servit principalement de ses doigts pour épeler, comme Frankie l'avait fait, et il ne chercha pas l'aide de Kiera une seule fois.

— Mes amis sont jaloux parce que j'ai mon propre langage secret. Crois-le ou non, Frankie, mais mon équipe possède ses propres gestes pour communiquer. Ceci – il fit alors un geste que Kiera ne reconnut pas – signifie « danger ». Et ceci – une fois encore, il fit un geste qui ne voulait officiellement rien dire en langue des signes – veut dire qu'il y a un méchant droit devant. Je ne sais pas qui t'a dit que c'étaient des signes de fiottes, mais ce n'est absolument pas vrai. C'est cool. C'est la chose la plus cool que j'aie jamais essayé d'apprendre. Je peux te parler à toi, à tes camarades ou à mademoiselle Hamilton, et les gens qui ne sont pas sourds peuvent me comprendre. C'est comme être un espion clandestin au nez et à la barbe des gens. Ça me plaît de connaître un langage secret, même si je ne parle pas encore très bien.

Si Kiera n'avait pas pris garde à bien observer Frankie, elle l'aurait manqué, mais il ouvrit de grands yeux et elle vit qu'il intégrait le fait de savoir qu'un homme grand et fort comme Cooper pensait que la langue des signes était quelque chose de cool.

Cela faisait des mois qu'elle avait essayé de faire naître chez Frankie une étincelle d'intérêt pour ce qu'elle disait ou faisait, mais sans y parvenir. Mais grâce à sa réponse minutieusement signée lettre par lettre, Cooper était parvenu à se lier avec le jeune garçon d'une façon qu'elle avait encore rarement vue.

Déglutissant fort afin de ne pas fondre en larmes, Kiera agita la main en l'air pour attirer l'attention des enfants. Elle soupira :

— Maintenant que nous avons tous rencontré Cooper, il est temps de reprendre les leçons.

Les enfants hochèrent tous la tête et se dirigèrent vers différents endroits autour de la pièce avec leurs tablettes. Il y avait des poufs « poire » disposés partout dans la salle, ainsi que des petits canapés et de grands tapis moelleux... Les enfants avaient largement le choix pour trouver un endroit confortable où se poser.

Elle jeta un regard à Frankie et à Cooper et entendit la fin de la question que ce dernier posait au petit garçon :

— ... que je reste assis avec toi pendant que tu lis ?

Frankie hocha la tête et Kiera resta admirative en voyant Cooper et son élève généralement dissipé se décaler pour s'installer l'un en face de l'autre, leurs genoux se touchant, la tablette disposée à leur droite. Frankie tendit le bras et l'alluma, activant l'histoire qu'il était en train de lire avant l'interruption.

Au cours des trente minutes suivantes, Kiera regarda du coin de l'œil Frankie et Cooper lire une histoire, puis une autre, et enfin une troisième. Elle n'avait jamais vu le petit garçon être aussi intéressé et captivé par une leçon que durant cette demi-heure. Cooper et lui signèrent tous les mots quand le narrateur le demanda. Ils se souriaient souvent et à un moment donné, Frankie tendit même le bras pour corriger un des signes de Cooper.

Il était l'heure de déjeuner et Kiera rassembla les enfants et les fit mettre en rangs pour les amener à la cantine. Il y avait plusieurs moniteurs qui aidaient les petits qui en avaient besoin à prendre leurs plateaux, et qui maintenaient généralement l'ordre dans le grand réfectoire. Pendant qu'ils attendaient qu'un moniteur fasse entrer tout le monde dans la salle, Kiera surprit une conversation entre Frankie et Cooper.

— Vous allez revenir ? épela Frankie.

— Oui, signa Cooper.

— Quand ?

Cooper réfléchit un instant et signa enfin :

— Si tu veux, je peux venir tous les jours.

Kiera hoqueta. Il ne pouvait pas dire cela à Frankie. Cela détruirait le petit garçon s'il ne tenait pas sa promesse. Mais avant qu'elle ne puisse se précipiter pour rectifier le tir, Frankie la surprit.

— Ne dites pas ce que vous ne pensez pas, épela le petit garçon.

Cooper plaça une de ses grandes mains sur l'épaule mince de Frankie tout en épelant de l'autre.

— Je ne dis jamais des choses que je ne pense pas. Tu veux apprendre le langage secret que moi et mes amis militaires parlons ? demanda Cooper avec un mélange de lettres et de signes.

— Oui, signa Frankie avec enthousiasme.

— D'accord, mais c'est super secret et c'est un code entre hommes. Tu ne peux parler qu'à d'autres hommes comme ça. C'est d'accord ?

Frankie signa encore « oui » avec impatience.

— Regarde bien, signa Cooper.

Puis il leva le menton comme Kiera l'avait vu faire pour saluer ses amis par le passé.

Elle leva la main pour dissimuler son sourire.

Frankie fronça son petit front et essaya d'imiter Cooper.

— C'est bien, mais il ne faut pas hocher le menton, juste le lever un peu.

Cooper lui refit la démonstration.

Frankie l'imita et cette fois, étonnamment, il y

arriva. Le geste du menton qu'il adressa à Cooper était une mini-version du « salut » *badass* que Cooper adressait à ses amis.

— C'est ça ! Tu as réussi. C'est bien. Maintenant, rappelle-toi... seuls les hommes masculins comprennent le salut du menton. C'est notre code secret pour dire bonjour et au revoir.

Il chercha Kiera du regard et lui adressa un clin d'œil avant de se retourner vers Frankie.

— On se voir demain, Frankie, d'accord ?

Celui-ci hocha la tête, affichant un grand sourire. Kiera ne se souvenait pas de l'avoir vu faire cela depuis qu'il avait commencé l'école.

La file commença à avancer, et Cooper se redressa et baissa les yeux vers Frankie. Il lui adressa le signe du menton et signa :

— Au revoir.

Frankie lui rendit son geste et son signe, puis il sortit fièrement de la pièce à la suite de ses camarades.

Kiera referma la porte sur les élèves et se dirigea droit vers Cooper.

— Je...

Elle ne lui donna pas l'occasion de dire autre chose et, se mettant sur la pointe des pieds, elle posa ses mains de part et d'autre de son visage. Attirant sa tête vers la sienne, elle l'embrassa. Il la prit immédiatement dans ses bras et l'attira contre lui alors qu'ils étaient collés des hanches à la poitrine.

Il la laissa contrôler le baiser pendant un moment, puis prit le dessus. Dévorant sa bouche comme si cela faisait des années qu'il ne l'avait pas vue et pas simplement une nuit, ils se séparèrent enfin, mais Cooper ne la lâcha pas. Il la garda collée contre son corps et lui demanda :

— En quel honneur ?

— Tu fais des miracles, lui dit Kiera.

Cela le fit rire.

— Je crois que mère Teresa ne serait pas d'accord, ma belle.

Kiera secoua la tête.

— Sérieusement. J'ai essayé de faire que Frankie réagisse à moi avec un dixième de l'enthousiasme qu'il a montré avec toi aujourd'hui... sans y parvenir. Et tu viens de passer trente minutes avec lui et c'est un enfant complètement différent.

— Il avait simplement besoin d'attention, protesta Cooper. Je n'ai rien fait de spécial.

— Non, ce n'est pas ça, insista Kiera.

— Je sais.

Cooper avait baissé la voix jusqu'à être à peine audible, mais Kiera ne l'interrompit pas.

— Quelqu'un lui a fourré dans le crâne de mauvaises idées sur ce qui définit un vrai homme. Je crois que le fait de m'avoir vu moi, un ancien agent des forces spéciales, utiliser la langue des signes, l'a légitimée d'une certaine façon. J'ai simplement eu besoin de lui montrer que ce n'est pas grave si je parle avec mes mains. Et ça ne fait pas de lui un garçon amoindri. J'aimerais bien passer dix minutes dans une pièce avec la personne qui lui a fait avaler ce genre de conneries. Probablement son père.

— Ce n'est pas lui, lui dit Kiera en faisant doucement courir ses ongles le long de la nuque de Cooper là où elle avait posé les mains. Son père l'adore. C'est un papa célibataire qui se démène pour que son fils ait tout ce dont il a besoin pour réussir.

— Qui que ce soit, c'est grave, murmura Cooper avant de lover sa tête dans l'espace entre le cou et l'épaule de Kiera.

Il inspira et caressa la peau du bout du nez.

Kiera sentit monter la chair de poule au contact de ses lèvres contre sa peau nue. Elle tira légèrement sur ses cheveux et il inclina la tête pour la regarder.

— Tu vas vraiment venir tous les jours, comme tu l'as dit à Frankie ? Tu ne peux pas mentir à ces enfants, Cooper. Si tu leur dis quelque chose, tu dois respecter ta promesse.

— Je ne mentais pas. J'ai vraiment envie de passer tous les jours... si c'est bon, acheva-t-il d'un ton incertain.

— C'est bon, le rassura immédiatement Kiera. Mais j'ai peur que tu t'ennuies.

— Kiera, je viens de passer quasiment huit ans de ma vie à me faire tirer dessus, à faire exploser des trucs et à mettre ma vie en jeu pour mon pays. Passer du temps avec les enfants et les aider à apprendre, tout en m'aidant à apprendre, me donne l'impression d'être au paradis.

Kiera déglutit bruyamment. Elle ne connaissait pas d'homme, pas un seul, qui aurait dit quelque chose comme cela.

— D'accord.

— D'accord.

Cooper lui sourit, puis il attira ses hanches plus près des siennes. Elle sentit son érection contre son intimité et elle se contracta au plus profond d'elle. Bon Dieu !

— Tu veux aller dîner, ce soir ?

— Oui, répondit-elle du tac au tac.

Elle voulait passer autant de temps avec Cooper qu'il voulait bien lui donner. Peu importait qu'elle travaille le lendemain. Peu importait qu'elle ne le laisse pas mariner. Si Cooper voulait passer du temps avec elle, elle allait saisir cette occasion à pleines mains.

Il lui sourit.

— J'ai un truc à faire avec les soldats d'élite à la plage à 18 heures, mais je peux peut-être venir te chercher après ?

— Quel truc ?

Cooper leva les yeux au ciel.

— Une équipe active nous a mis au défi, deux autres soldats à la retraite et moi.

— Au défi ? demanda Kiera en inclinant la tête.

— Pas à mort, si c'est ce à quoi tu pensais, sourit Cooper. Tu devrais voir ta tête ! C'est juste une compétition physique amicale sur la plage. Des abdos, un tour dans le Zodiac, nager, ce genre de choses.

— Je peux venir voir ?

Elle vit une sorte d'émotion passer dans les yeux de Cooper, mais elle ne sut pas l'interpréter. Elle se dépêcha alors d'ajouter :

— Si ce n'est pas permis, ce n'est pas grave. Je me disais simplement que ce serait amusant de te voir en action.

— Ça te plairait ? demanda-t-il.

— De te regarder toi et un groupe d'autres soldats d'élite qui, je croise les doigts, ne porteront rien que des mini shorts, courir sur la plage en roulant des mécaniques pour essayer de prouver qui est le plus fort et le plus *badass* ? Ouais, je crois que ça me plairait, dit Kiera avec un sourire.

Il posa les mains sur sa taille et il commença à la chatouiller. Kiera poussa un cri aigu et essaya de se libérer.

— Cooper, arrête ! Je suis extrêmement chatouilleuse !

Elle ne pouvait pas s'arrêter de pouffer, et elle essayait de l'écarter d'elle sans y parvenir.

— Tu veux reluquer le corps d'autres hommes, Kiera ?

Elle pouffa davantage et dit :

— Non, juste le tien !

— Mais tu as dit que tu voulais reluquer les fesses de mes amis.

— Non, ce n'est pas vrai. Je regarderai juste ton cul à toi. Je le jure !

— C'est promis ?

Kiera ne put s'empêcher de pouffer. Les doigts de Cooper l'avaient peut-être chatouillée, mais elle aimait sentir ses mains sur elle... et le deviner joueur.

— Je le promets... je t'en prie...

— Je t'en prie quoi ? demanda Cooper en remettant ses bras autour d'elle tout en l'attirant à nouveau contre son corps dur comme de la pierre.

Kiera leva les yeux vers lui et plaça ses bras entre eux, signant tout en lui disant :

— Je t'en prie... embrasse-moi.

Cooper jeta un regard vers la porte, et même si Kiera appréciait qu'il respecte l'endroit où il se trouvait et le fait que n'importe qui risque d'entrer dans la classe à n'importe quel moment, peu lui importait pour l'instant. Elle avait besoin qu'il pose à nouveau ses lèvres sur les siennes.

Sans un mot, Cooper fit ce qu'elle lui demandait. Il l'embrassa comme si sa vie en dépendait. Lentement et rapidement, profondément et légèrement. Ce n'était pas simplement un baiser ; il apprenait ce qui lui plaisait, et qu'elle gémissait profondément dans sa gorge tout en lui suçant sa langue et en enfonçant ses ongles dans sa poitrine quand il lui mordillait la lèvre inférieure.

Cinq minutes plus tard, Cooper se retira et baissa les yeux vers elle. Plaçant une main sur son front, il la fit doucement courir sur ses cheveux blonds, les lissant au passage.

— Tu veux vraiment venir ce soir ?

Kiera hocha la tête.

— Je viens te chercher à 17 h 20 ?

Elle hocha à nouveau la tête.

— Ça signifie beaucoup pour moi, Kiera.

— Quoi ?

— Que tu veuilles faire partie de mon monde et pas simplement être avec moi parce que je suis musclé ou que j'ai un bon rapport avec les enfants de ta classe.

— Cooper, tu pourrais être champion du monde d'échecs, ça serait la même chose... J'ai envie d'être là pour te soutenir parce que c'est une activité que tu aimes. Et même si je ne nierais pas que j'ai hâte de voir ton corps ce soir, ce n'est pas la raison pour laquelle je suis avec toi.

— Alors pourquoi ? demanda-t-il.

Kiera décelait l'insécurité chez l'homme puissant qui se tenait devant elle et cela le rendait bien plus réel à ses yeux.

— Je n'ai jamais autant été attirée par quelqu'un que par toi. Tu es une bonne personne. Dès ta première visite à l'école, j'ai vu que tu étais mal à l'aise, mais ça ne t'a pas empêché de sauter à pieds joints. Tu n'as pas peur d'admettre quand tu ne comprends pas quelque chose, et jusque-là, tu n'as pas été découragé quand ça s'est avéré difficile d'apprendre une nouvelle langue. Tu me vois moi, pas seulement l'enseignante, pas seulement l'amie de Julie, simplement moi. Je n'ai pas peur d'être moi-même en ta compagnie, et même si j'ai terriblement peur que tu me voies nue une seconde et te demandes ce que tu es en train de faire avec une femme de près de 40 ans... j'ai hâte de faire l'amour avec toi.

— Bon sang, souffla Cooper.

— Tu m'as posé la question, dit Kiera en souriant.

— C'est vrai. Et pour ton information, je ressens vraiment la même chose. Tu ne vois pas le soldat d'élite quand tu me regardes. Ou du moins, je ne le pense pas. Tu me vois moi. Alors, je comprends ce que tu me dis. Et ne t'inquiète pas, Kiera...

Cooper lui empoigna les fesses et l'attira contre lui jusqu'à ce qu'elle se tienne sur la pointe des pieds. Leurs pelvis étaient à la même hauteur et Kiera sentait le moindre centimètre de sa verge contre elle. Elle se décala entre ses bras pour essayer de se rapprocher davantage... mais sans y parvenir.

— Je vais aimer le moindre centimètre carré de ton corps. N'en doute pas.

Il se pencha et conquit sa bouche, lui donnant un autre baiser appuyé et intime avant de s'écarter d'elle, plaçant quelques centimètres entre leurs corps.

— Enfile des vêtements confortables, ce soir. Un jean, un chemisier, des tongs... Une fois qu'on aura botté le cul des soldats, je prendrai une douche et on ira dans un endroit décontracté pour le dîner. Ça te convient de manger un steak ?

— Absolument.

Comme s'il ne pouvait pas s'en empêcher, Cooper se pencha et embrassa une nouvelle fois Kiera. Puis il s'éloigna d'un pas et laissa retomber ses mains.

— Alors on se voit ce soir.

Kiera hocha la tête et le salua du menton.

Il se retint de sourire et dit :

— Désolée, ma belle, mais c'est réservé pour nous, les hommes.

Puis il cligna des paupières et il était parti.

Kiera mangea son déjeuner à son bureau tout en pensant à Cooper. Cela faisait plusieurs semaines qu'elle le connaissait – depuis qu'il avait commencé à faire du bénévolat dans l'école –, mais au cours des dernières vingt-quatre heures, il était devenu non seulement un homme qu'elle aurait aimé apprendre à mieux connaître, mais également quelqu'un sans lequel elle ne pensait pas pouvoir vivre.

Avec un grand sourire, elle termina son déjeuner et songea à ce qu'elle allait porter ce soir-là. Certes, voir Cooper et ses amis rouler dans le sable à peine vêtus ne serait certainement pas une torture. Pas du tout.

CHAPITRE CINQ

Kiera était assise sur une dune qui surmontait une section de la plage sur Coronado Island. Cooper était venu la chercher à 17 h 20... mais ils étaient quand même arrivés dix minutes en retard à la plage. Elle portait un jean moulant, des tongs, un T-shirt à col rond bleu marine orné de l'image d'un militaire pointant une carabine et allongé dans une flaque d'eau avec les mots : « *Restez discrets, allez vite, tuez d'abord, mourez les derniers. Une balle, un carton. Pas de chance, que de la technique* ». Et en voyant ses cheveux blonds lâchés qui tombaient librement sur ses épaules au lieu d'être confinés dans le chignon qu'elle portait généralement à l'école, il l'avait plaquée contre sa porte d'entrée et avait commencé à la ravir.

Ils ne s'étaient décollés l'un de l'autre que lorsqu'il avait reçu un texto d'un homme appelé Cutter, qui lui disait de ne pas être en retard. Il avait fermé les yeux, avait posé son front contre celui de Kiera et lui avait dit d'une voix basse et contrôlée :

— Tu vas me tuer.

Elle s'était contentée de répondre :

— Mais quelle belle façon de partir !

À présent, elle était assise sur une dune gigantesque avec quatre autres femmes, et elles regardaient leurs hommes se faire la compétition près des vagues.

— Je ne m'en lasserai jamais, dit Julie avec un sourire.

Une des autres femmes – qu'on lui avait présentée comme Caroline – soupira :

— On est d'accord. Quand Wolf m'a dit qu'il avait défié Tex et deux autres soldats d'élite pour une bataille physique, je n'aurais manqué ça pour rien au monde.

— Je suis simplement reconnaissant que Fiona ait été capable de garder nos enfants sans qu'on la prévienne, dit Jessyka, une autre compagne de militaire.

— Quelqu'un a-t-il apporté du popcorn ?

demanda la dernière fille de leur groupe, qui s'appelait Cheyenne.

Kiera avait tout de suite apprécié les autres femmes. Elles l'avaient mise à l'aise sans aucune gêne, comme c'était généralement le cas lorsqu'elles rencontraient des gens. Julie les avait toutes mentionnées durant leurs conversations passées, mais c'était la première fois qu'elle avait l'occasion de passer du temps avec elles.

— Tu sais quoi ? Tex est chaud, fit remarquer Cheyenne.

Jessyka leva les yeux au ciel.

— Tu te rappelles que tu es une femme mariée, n'est-ce pas ? demanda-t-elle à son amie.

— Bien sûr, Faulkner ne me le laisserait pas l'oublier, et je n'en aurais aucune envie, d'ailleurs. Mais il n'y a pas de mal à se rincer l'œil, et je ne crois pas en avoir vu autant de Tex avant.

Kiera était bien d'accord. Elle savait que les autres soldats connaissaient Tex, le nouvel ami de Cooper, mais elle ne savait pas exactement comment ils se connaissaient tous. Elle n'y pensa plus. Le spectacle en contrebas était assurément trop excitant pour qu'elle puisse songer à autre chose pour le moment. Les hommes avaient enlevé leur T-shirt et luttaient les uns contre les autres... Elle ne savait pas exactement ce qu'ils faisaient, mais elle ne s'en préoccupait pas non plus.

— Je te jure devant Dieu qu'à chaque fois que je vois Cutter, je prie pour que Benny lui ressemble dans une dizaine d'années, murmura Jessyka en posant son menton sur sa main alors qu'elle baissait les yeux vers les hommes. Il est tellement... viril.

— Viril ? rit Julie. Comme si les autres ne l'étaient pas...

— Tu sais ce que je veux dire. Il a l'air distingué. Sa barbe et ses cheveux gris, ses épaules larges... même le soupçon de gris dans ses poils de poitrine est super chaud.

— Est-ce qu'il est avec quelqu'un ? demanda Julie. Patrick me répète qu'il est génial depuis qu'il a commencé à bosser pour lui comme assistant administratif, mais il ne m'a jamais parlé de sa vie amoureuse.

Caroline haussa les épaules.

— Je ne pense pas, mais Wolf est pareil. Ils commèrent comme des filles quand ils sont ensemble ou au bureau, puis il me dit que c'est un truc de mecs et qu'il ne peut pas me confier des détails. Parfois, j'aimerais que nos hommes ne soient pas aussi honorables.

Elles ricanèrent toutes, mais Kiera prit une

grande inspiration quand un pied se dirigea vers le visage de Cooper.

— Détends-toi, la rassura Cheyenne en posant sa main sur le bras de Kiera. Ton homme sait gérer.

Et c'était vrai. Dès que le pied s'était dirigé vers lui, Cooper l'avait attrapé et l'avait soulevé, neutralisant un des soldats sur le sable. Les hommes avaient tous éclaté de rire et avaient continué à se battre comme plâtre. Ou du moins, c'était l'impression qu'elle en avait.

— Vous arrivez à voir qui est en train de gagner ? demanda Cheyenne.

— C'est important ? s'enquit Jessyka.

Cheyenne éclata de rire.

— Je ne pense pas. Mais je sais que ce soir, je profiterai bien de tout ce pic de testostérone.

Kiera pouffa avec les autres femmes et s'agita sur son siège. Elle aurait aimé être la cible des hormones boostées de Cooper. Cette pensée l'excitait. Elle appréciait se représenter son homme comme aussi romantique que ceux des autres femmes, mais l'image de Cooper qui la ravissait et prenait ce dont il avait envie, comme il en avait envie et aussi fort qu'il le désirait, l'excitait vraiment.

Elles continuèrent à regarder les hommes s'entraîner. Comme Cheyenne, Kiera ne voyait pas qui l'emportait et elle ne connaissait pas exactement les règles de toutes les compétitions, mais regarder les hommes évoluer était comme de la poésie en mouvement. Ils étaient tous musclés, costauds et en extrêmement bonne condition physique. Il était évident que les trois soldats à la retraite n'avaient aucun problème pour rester à la hauteur des soldats en service actif. Même Tex, avec sa jambe artificielle, paraissait trouver l'effort facile.

Au bout d'environ une heure et d'un dernier plongeon dans l'océan pour se nettoyer du sable, les hommes se serrèrent tous la main. Cinq d'entre eux se dirigèrent vers leurs femmes assises sur la dune de sable, pendant que les autres se saluèrent du menton et partirent vers le parking ou les bureaux.

Kiera afficha un léger sourire quand elle les vit se saluer du menton. Cela lui rappela le petit Frankie et Cooper qui avait été si génial avec lui. Elle croisa son regard quand il remonta la petite dune pour les rejoindre.

Il vint directement vers elle et prit sa tête dans ses mains pour l'embrasser. Elle n'était absolument pas gênée qu'il affiche ses sentiments pour elle de façon aussi publique et charnelle.

— Salut ! dit-elle quand il se retira enfin.

Cooper secoua la tête et désigna son oreille, indiquant qu'il ne portait pas sa prothèse.

Kiera ne l'avait pas vu la retirer, mais c'était plus sage. Cela n'aurait probablement pas été recommandé que du sable s'infiltre dessous, sans parler d'eau salée. Ne sachant pas ce qu'il pensait de signer devant ses amis, elle hésita. Mais elle n'aurait pas dû. Comme s'il pouvait lire dans ses pensées, il dit, en épelant et signant à la fois :

— Tu crois que j'aurais dit toutes ces choses-là à Frankie si j'étais gêné de signer devant mes amis ?

Kiera lui rendit son sourire et signa rapidement :

— Non, mais je ne veux pas faire quoi que ce soit qui risquerait de gâcher mes chances de passer un bon moment plus tard.

Cooper éclata de rire et afficha un large sourire.

— Ce n'est pas juste, mon pote, se plaignit Wolf. Tu veux bien nous expliquer la blague ?

Kiera regarda Cooper, qui regardait toujours Wolf. Elle signa rapidement :

— Wolf aimerait bien savoir ce qui est tellement drôle.

— Vous n'avez pas besoin de le savoir, dit Cooper à haute voix à son ami, sans cesser de sourire. Vous savez, je n'avais jamais réfléchi aux signes qu'on utilisait toujours entre nous, mais c'est étonnant de voir à quel point certains sont similaires à la langue des signes américaine.

Kiera aimait qu'il n'ait pas de problème à parler à ses amis, même sans sa prothèse et sans être capable d'entendre leur réponse.

Elle entendit à peine les autres hommes acquiescer et marmonner qu'ils avaient besoin de prendre une douche. Elle n'avait d'yeux que pour Cooper. Plus ils passaient du temps ensemble, plus elle s'éprenait de lui. Toutes les semaines qu'elle avait passées à le connaître quand il était à l'école avaient fait évoluer ses sentiments de respect et d'admiration à du désir et de l'envie. Elle ne pouvait pas encore dire qu'elle l'aimait, mais elle savait que cela ne prendrait guère de temps. Pas s'il continuait à l'impressionner en étant génial.

— J'ai besoin d'une douche, signa-t-il.

— Oui, c'est vrai, lui répondit-elle.

Il sourit.

— Ne sois pas timide. Dis-moi ce que tu penses.

— Je le ferai. J'espère que ce n'est pas un problème.

— Non. Ça me plaît. Viens. Donne-moi le temps de prendre une douche et de remettre mon oreille, puis on pourra y aller.

Elle aimait bien sa formulation... « remettre mon

oreille ». C'était décontracté et sans le moindre embarras. C'était parfait.

— Depuis combien de temps connais-tu Cooper ? demanda Cheyenne alors que le groupe descendait la dune vers les bureaux et les douches.

— À peu près deux mois, je crois, lui dit Kiera.

Elle se tourna vers Cooper et échangea quelques mots avec lui, confirmant la date avant de se retourner vers Cheyenne.

— Oui, deux mois.

— C'est vraiment cool d'être capable de lui parler comme ça, dit doucement Julie.

Kiera haussa les épaules.

— La langue des signes est une véritable langue. Comme l'espagnol, l'allemand ou n'importe quelle autre. Je crois qu'on perçoit les personnes sourdes comme handicapées, alors qu'en fait, elles sont simplement bilingues.

— C'est vrai, dit Jessyka, clairement impressionnée. Je n'avais jamais envisagé la chose comme ça avant.

— Je vais voir si je peux amorcer une formation pour enseigner la langue des signes aux troupes sous mon commandement. Je sais que la plupart des gars utilisent déjà des signes non verbaux de fortune, mais je pense que ce serait bénéfique si tout le monde maîtrisait les mêmes signaux et la même langue, annonça Patrick au groupe.

— Je suis partant, dit immédiatement Wolf.

— Moi aussi, acquiesça l'homme immense à côté de Cheyenne.

— Je sais que tous les gars de notre équipe seraient d'accord, confirma le mari de Jessyka.

— Ça risque de prendre du temps, alors ne vous enthousiasmez pas trop, les prévint le commandant. Je dois trouver un professeur adéquat. Ce n'est pas comme si je pouvais dénicher un prof à un coin de rue... Pardonnez-moi, Kiera.

Elle l'excusa d'un geste de la main.

— Non, je comprends. Ce que vous faites est top secret, et même si ce sont juste des mots, vous voulez avoir quelqu'un qui comprenne ce que vous faites et les situations dans lesquelles vous vous retrouvez, afin que vous puissiez apprendre les mots les plus appropriés. Vous n'avez pas nécessairement besoin d'apprendre des mots comme « pomme » ou « asperge ».

Cooper lui tapota l'épaule et signa :

— Qu'est-ce qu'il a dit ?

Rapidement, Kiera lui rapporta la conversation. Cooper ne répondit pas, mais il afficha un air introspectif. Elle leva les mains pour lui demander à quoi il pensait, mais il fut interrompu par le cri aigu de Cheyenne :

— Faulkner ! Repose-moi !

Son mari l'avait fait basculer sur son épaule et se dirigeait à grands pas vers le parking.

— On se voit demain, Dude ! l'appela Wolf en ricanant.

Kiera entendit Cheyenne rire alors qu'elle essayait sans grande conviction d'échapper à l'étreinte de son mari.

Elle ne pouvait pas entendre ce que le soldat d'élite disait à sa femme, mais Cheyenne arrêta immédiatement de se débattre et il la fit tourner pour la prendre dans ses bras sans cesser d'avancer.

Kiera vit Cheyenne poser une main sur le visage de son époux et lui sourire avant qu'ils ne se soient trop éloignés pour qu'elle puisse voir les détails. Elle se remémora le commentaire de l'autre femme à propos de son intention de profiter de la testostérone de son mari, et cela renouvela son excitation.

Ils arrivèrent à la porte des bureaux et Kiera sentit une main sur son visage. Elle se tourna alors vers Cooper.

— Tu me donnes vingt minutes pour prendre ma douche ? lui demanda-t-il doucement.

Elle hocha la tête et l'embrassa brièvement sur

les lèvres avant de disparaître dans les bureaux avec le reste des hommes.

— Je vais aller chercher les petits et retrouver Kason à la maison, leur dit Jessyka. J'ai été contente de te rencontrer, Kiera. J'espère qu'on se reverra souvent.

— Pareil pour moi. À bientôt, répondit Kiera.

Elle se laissa tomber sur un banc à côté de Julie et attendit Cooper.

— Alors… toi et Coop ? C'est officiel ? demanda Julie avec un sourire.

Kiera se contenta de sourire.

— Ouais.

— C'est super, souffla son amie en la poussant du coude.

— Je dois dire qu'il a l'air de bien s'en sortir, observa Caroline. Je veux dire, on n'est pas meilleurs amis ou quoi que ce soit, mais Wolf m'a dit qu'il a vraiment galéré après sa blessure. Il ne voulait voir personne et ne voulait aller nulle part sans sa prothèse auditive. Je suis vraiment contente de l'avoir vu se détendre un peu !

Kiera hocha la tête.

— Oui, j'ai remarqué le même changement. Quand il a commencé à faire du bénévolat à mon école, il ne disait quasiment rien à personne et restait pratiquement toujours tout seul. Mais en s'occupant des gamins, il a fini par réaliser qu'être sourd n'est pas la fin du monde.

— Je t'ai vue l'entraîner hors de ma fête, remarqua Julie. Tu crois que ça a quelque chose à voir avec son changement d'attitude ?

— Non, je n'ai rien à y voir, protesta Kiera.

— Je crois que tu as tort, contra Julie. Je ne dis pas que ce n'est pas vrai que faire du bénévolat auprès des enfants ne l'a pas aidé. Patrick n'aurait pas suggéré avec véhémence qu'il le fasse s'il ne pensait pas que cela pourrait l'aider. Mais ces mecs... ils sont bien plus sensibles qu'ils veulent bien le montrer. Ils se font tirer dessus sans problème, ils tiennent le coup et passent à autre chose, attendant de revenir au front. Mais le fait d'être blessé assez gravement pour ne plus être capable de faire ce qu'ils ont passé la majeure partie de leur vie adulte à perfectionner ? Ça leur fait plus de mal qu'aux civils. Particulièrement s'ils sont célibataires. Ils commencent à croire qu'ils sont incapables ou bien que personne ne les aimera tels qu'ils sont. Ces sentiments grandissent jusqu'à ce qu'ils pensent que les gens ne sont plus capables que de voir un handicap. Une cicatrice. Un boitement. La perte de leur ouïe.

Les femmes gardèrent le silence un long moment, puis Julie poursuivit après un rire nerveux :

— Je ne suis pas une experte, mais j'ai lu des trucs à ce sujet et j'ai observé les hommes de Patrick. Je peux te dire que je vois une différence entre le Cooper de la semaine dernière et l'homme qui s'amusait avec ses amis sur la plage ce soir. Je crois que tu es l'une des raisons pour lesquelles il commence enfin à accepter qu'il a perdu l'ouïe, Kiera.

Se sentant rougir, Kiera parvint à hausser les épaules.

— Je ne cherche pas à être son héroïne.

— Ça ne t'empêche pas de l'être, dit Caroline d'un ton neutre avant de sourire. Bienvenue dans le monde étrange et déjanté d'une relation amoureuse avec un membre des forces spéciales ! Qu'il soit à la retraite ou pas, ton homme reste entièrement un soldat d'élite.

Kiera sourit.

— J'ai droit à un pin's ou quelque chose comme ça pour avoir rejoint le club ?

— Un pin's pour quoi ? demanda Cooper tout en passant la porte.

Kiera se redressa et se tourna vers lui. Il était beau. Très beau. Ses cheveux étaient toujours mouillés après sa douche et elle sentait le savon sur sa peau. Elle secoua la tête.

— Rien. Des trucs de filles.

— Bon sang, je suis dans le pétrin, la taquina-t-il. Une discussion entre filles avec Caroline et Julie ne présage rien de bon.

— Ferme-la, mon pote, dit Julie en se redressant.

— Je veux que tu aies peur, très peur, dit Caroline d'un ton faussement menaçant.

Leurs hommes passèrent alors la porte et Wolf demanda :

— Peur de quoi ?

Kiera secoua la tête. Elle ne pouvait pas s'en empêcher. Les garçons étaient drôles.

— De rien. Tu es prêt, on peut y aller ? demanda Caroline à son mari.

— Si tu l'es, répondit Wolf.

— Bébé, tu veux bien qu'on s'arrête à l'hôpital avant de rentrer ? J'aimerais rendre visite à un marin qui vient d'arriver, demanda Patrick après avoir déposé un tendre baiser sur la tempe de Julie.

— Bien sûr, répondit-elle. Un membre des forces spéciales ?

— Non, un marin normal. Apparemment, il a été très malade sur le porte-avions où il était stationné et on a dû lui retirer son appendice sur place, mais il y a eu des complications et on l'a ramené ici en vol d'urgence. Il aurait besoin qu'on lui remonte un peu le moral, puisque sa famille n'est pas encore arrivée.

— Alors qu'est-ce qu'on attend ? demanda Julie en tirant Patrick par la main. Allons-y. On se voit un autre jour, Kiera ! lança-t-elle tout en traînant son mari vers le parking.

— Enfin seuls, dit Cooper une fois que les deux autres couples furent hors de vue.

— Tu as remis ton oreille ? demanda Kiera.

Cooper hocha la tête.

— Oui. Même si je ne suis pas certain d'avoir envie d'affronter un restaurant bondé. Que dis-tu d'un plat à emporter ?

— Ça me plairait, en convint Kiera. Je préférerais bien mieux passer du temps avec toi dans la paix et la tranquillité d'un de nos appartements plutôt qu'à une table pleine de microbes.

Cela fit rire Cooper.

— Moi aussi. Et je n'avais jamais pensé que les tables de restaurant étaient pleines de germes avant, donc merci beaucoup.

— Oh, crois-moi, je ne mens pas. La plupart du temps, personne ne les essuie entre les clients. Ce sont des nids à bactéries qui attendent la victime idéale pour leur détruire le système digestif.

Il se pencha et déposa un baiser sur le sommet du crâne de Kiera.

— J'aime ta façon de penser.

Elle le regarda d'un air confus.

— Tu aimes savoir que je pense que les tables de restos sont dégoûtantes et pleines de germes ?

— Non, j'aime le fait de n'avoir aucune idée de ce qui va sortir de ta bouche. J'aime savoir que quand je suis avec toi, je vais exploser de rire à un moment donné de notre conversation. J'aime que tu dises ce que tu penses. J'aime te voir signer avec tes étudiants et te voir parvenir à les faire sourire aussi facilement que tu le fais pour moi.

Kiera leva les yeux vers Cooper, ne sachant pas quoi répondre. Il avait peut-être dix ans de moins qu'elle, mais il était plus mature que tous les autres hommes avec lesquels elle était sortie. Il ne lui mentait jamais et tout ce qu'il disait était sincère, la rendant d'autant plus amoureuse de lui.

— Viens, dit-il, ne pouvant que déceler son trouble. On va se trouver quelque chose à manger puis on va se détendre. Je n'avais pas l'intention de commencer notre premier rendez-vous en t'ignorant pour aller en remontrer à mes camarades soldats.

— Mais j'ai pu te voir quasiment nu, bafouilla Kiera. Et c'était un bon début.

Cooper éclata de rire puis fit courir sa main dans ses cheveux, les écartant tendrement de son visage.

— Tu vois ? Tu es rigolote. Allez, viens, j'ai super faim.

Kiera fondit contre Cooper quand, au lieu de lui prendre la main, il passa un bras autour de ses épaules et l'attira contre lui. Elle enroula un bras autour de sa taille et ils se dirigèrent ensemble vers le parking.

CHAPITRE SIX

Des heures plus tard, Cooper était assis sur le canapé en daim brun de Keira, relaxé et détendu. Celle-ci était calée contre l'accoudoir, les jambes en travers de ses cuisses, et elle avait dégusté un verre de vin depuis qu'ils avaient fini de dîner.

La Ligne verte passait à la télévision – avec des sous-titres, bien sûr –, mais ils ne le regardaient pas plus l'un que l'autre. Ils avaient entamé la soirée chacun de leur côté du sofa, mais lorsqu'elle s'était plainte que ses pieds lui faisaient mal, il avait proposé de les lui masser, et ils avaient fini dans cette position.

Au milieu du dîner, il lui avait demandé si elle voulait bien signer tout en lui parlant, afin qu'il s'entraîne. Elle avait accepté et ils avaient parlé sans discontinuer depuis.

— C'était comment de grandir avec un parent sourd ? demanda Cooper.

Kiera haussa les épaules.

— Comme tous les autres enfants, je crois. Puisque je n'ai pas de point de comparaison, je ne peux pas vraiment le dire.

— On se moquait de toi ?

— Pas vraiment, dit Kiera.

Elle avala alors une gorgée de vin avant de reposer le verre sur la table posée près du canapé pour qu'elle puisse signer en parlant.

— Quand j'étais à l'école, je ne signais pas. Et quand j'étais à la maison, je signais et je parlais, comme je suis en train de le faire, dit-elle en haussant les épaules. Je n'y ai jamais vraiment réfléchi. Signer me vient aussi naturellement qu'à quelqu'un qui aurait grandi en parlant espagnol à la maison et anglais dehors.

— Je pense que tu es géniale, lui dit Cooper en lui pressant la jambe. Je trouve incroyablement difficile de coordonner mes mains avec ce que j'entends et de faire que tout fonctionne ensemble.

— Ne sois pas trop dur avec toi-même, Cooper. Ça ne fait pas longtemps que tu fais ça et ça demande de l'entraînement. Comme le fait d'être un soldat d'élite. Tu n'as pas appris en deux jours comment faire tout ce que tu fais.

Il hocha la tête.

— C'est vrai, je le sais. Mais je n'ai jamais fait preuve de beaucoup de patience.

Le désir qu'il lut dans ses yeux le fit déglutir fort. Tout comme sa manière subtile de s'agiter sur son siège. Il avait envie d'elle. Tout de suite. Il voulait la voir nue et à genoux devant lui, le suçant. Il voulait l'allonger sur le canapé, lubrifiée et prête à l'accueillir. Bon sang, il la désirait de toutes les façons possible. Contre un mur, sur la table de la cuisine, dans la douche, dans son lit. Les visions qu'il avait eues d'eux en train de faire l'amour s'agitèrent dans son esprit et il se durcit immédiatement. Kiera le remarqua.

Elle déplaça les jambes jusqu'à ce que l'une d'entre elles frôle son érection et ils inspirèrent tous les deux profondément. Montrant sa maturité, ce que Cooper trouvait terriblement rafraîchissant, elle dit :

— On accorde trop d'importance à la patience.

Il sourit et se déplaça jusqu'à ce qu'il se retrouve à quatre pattes au-dessus d'elle. Anticipant son mouvement, elle s'était allongée sur le dos. Ses mains serrèrent ses biceps et elle lui sourit.

— Tu es belle, souffla-t-il en baissant les yeux vers elle.

Les mamelons de Kiera dardaient comme des petites pierres sous son T-shirt et il sentit la chaleur de son corps contre l'intérieur de ses cuisses quand il s'installa à califourchon sur elle, ses yeux bleus pétillant d'intérêt.

Quand elle ne réagit pas, il lui communiqua ce qu'il ressentait.

— Je ne veux pas précipiter les choses. Je pense que c'est évident que j'ai envie de toi.

Cooper laissa le poids de son corps retomber sur le sien pendant un moment, lui laissant sentir à quel point il était dur, toute son excitation, avant de bander ses muscles et de se remettre en position sur elle.

Elle inclina les hanches en avant, essayant de le suivre, mais elle se détendit quand c'était évident qu'il n'allait pas lui donner la pression qu'elle souhaitait.

— Cooper, gémit-elle.

Mais il ne lui donna pas l'occasion de le prier. Il en était incapable. Si elle le faisait, il aurait probablement cédé.

— J'ai envie de toi depuis deux mois, et je ne vais pas te culbuter dans les vingt-quatre heures après avoir découvert que mon attraction est réciproque. J'étais dans les forces spéciales. J'ai plus de fortitude que ça.

— Tu dois bien savoir que j'ai envie de toi aussi, dit Kiera d'un ton essoufflé, le regardant comme si elle n'avait jamais rien vu d'aussi beau.

— J'espérais que tu le fasses, mais merci de confirmer, ma douce. Cela dit, je ne veux pas précipiter les choses. Je veux que tu profites de cette expérience.

— Quelle expérience ?

— Ma conquête de toi. Je ne veux pas que tu te rabattes sur les préjugés que tu as peut-être sur la façon dont les jeunes hommes opèrent quand ils entament une relation. Oui, j'ai envie de toi. J'ai envie de toi de toutes les façons possibles. J'ai hâte de te posséder, mais le sexe n'est pas la raison pour laquelle j'ai envie d'être avec toi. Je t'admire plus que je ne saurais le dire. La façon dont tu travailles avec les gamins de ta classe. La façon dont tu te préoccupes vraiment d'eux. Tu n'as peut-être pas envie d'avoir des enfants, mais je vois bien à quel point tu les aimes. Je veux tout apprendre de toi avant d'apprendre comment ton corps tremble quand tu jouis. Je veux savoir comment tu es le matin avant de savoir quel goût tu as après avoir joui. Je veux découvrir ce qui te rend heureuse et ce qui te chagrine avant de sentir ton corps chaud et humide se contracter autour de ma verge quand tu exploseras sous moi. Pour résumer, ma belle, malgré mon envie de rabaisser ton jean sur tes jambes et d'enfoncer mon visage contre ton entrejambe, je veux d'abord apprendre à te connaître en tant que femme. Je peux te dire un secret ?

Kiera déglutit bruyamment avant de s'humecter les lèvres et de dire doucement :

— Si ça me désarçonne encore plus que ce que tu viens de dire, je ne suis pas certaine de pouvoir le supporter.

Cooper se pencha et l'embrassa sur le front avant de se redresser.

— Tu peux. Je commence à me rendre compte que tu es capable de supporter à peu près tout. Depuis le jour de notre rencontre, j'ai réalisé que tu étais ma récompense.

— Quoi ? Je ne comprends pas.

— J'ai vécu ma vie au jour le jour, sans vraiment songer à l'avenir, me disant que j'aurai toute ma vie pour m'en inquiéter. Puis après ma blessure, j'ai eu du mal. Je n'avais pas envie de quitter mon appartement, je ne voulais pas interagir avec qui que ce soit parce que j'étais embarrassé de leur demander de répéter plusieurs fois ce qu'ils avaient dit. J'étais amer d'avoir tant donné pour mon pays sans en avoir tiré grand-chose. Puis je t'ai rencontrée et j'ai compris. Tu es ma récompense. Ma récompense pour tout ce que j'ai fait. Tout ce que j'ai sacrifié. Tu es le cadeau que le cosmos m'a envoyé pour avoir survécu à cette explosion.

— Oh, mon Dieu ! murmura Kiera en secouant la tête. Cooper, non, ce n'est pas...

— Je ne t'ai pas dit ça pour te faire paniquer.

— C'est raté, dit-elle sèchement en clignant furieusement des paupières afin de retenir les larmes qu'il voyait envahir ses yeux.

— Tu es tout ce que j'ai toujours désiré chez une femme. Pleine d'assurance. Avec une bonne carrière. Intelligente. Tu n'as pas *besoin* de moi, mais j'espère que tu as *envie* de moi.

— Oui, répondit-elle immédiatement.

— Tout ce que je dis est que depuis le jour de notre rencontre, j'ai eu envie de toi. Et tous les jours que j'ai passés auprès de toi n'ont fait que solidifier ce fait. Oui, j'ai envie de te faire l'amour. J'ai aussi envie de coucher avec toi. Mais d'abord, j'ai envie de sortir avec toi. D'apprendre à te connaître. Que tu me connaisses aussi. Ça te va ?

— Oui, répondit immédiatement Kiera. Mille fois oui.

Elle se décala sous lui.

— Mais ça ne veut pas dire qu'on ne peut pas... se peloter un peu de temps en temps pour apprendre à se connaître ?

Il rit doucement.

— Si, on peut se peloter. Mais ne te crois pas capable une seconde d'arriver à me faire oublier que j'ai envie d'attendre pour...

Il se remit à genoux, fit un cercle avec les doigts et, en utilisant l'index de l'autre main, mima une version rude et osée de « faire l'amour ».

Kiera éclata de rire et leva les bras pour lui attraper les mains.

— Ce que tu viens de faire est le signe pour le sexe anal.

Cooper laissa immédiatement retomber ses mains. Seigneur Dieu ! La dernière chose qu'il aurait eu envie de faire était de dire à Kiera qu'il avait envie de la prendre par-derrière durant leur premier rendez-vous.

Mais au lieu d'être insultée, elle rit de sa déconfiture.

— Si seulement tu pouvais voir la tête que tu tires, Cooper. Je pourrais t'enseigner pas mal de mots grossiers, mais seulement si tu promets de ne pas les montrer à Frankie ou à qui que ce soit.

Cooper savait qu'il avait haussé les sourcils, prenant un air horrifié.

— Je ne ferais jamais une chose pareille ! Il a 7 ans !

— Je plaisantais. Je sais que tu ne le ferais pas.

Elle fronça les narines, ce qu'il trouva adorable, puis elle dit :

— Bon, d'accord. Je vais te montrer comment dire « baiser ». Tu fais le signe de la paix avec les deux mains.

Elle lui fit la démonstration, levant les deux mains.

Cooper l'imita et attendit avec un sourire sur le visage. Si quelqu'un lui avait dit qu'un jour, après sa blessure, il se retrouverait agenouillé au-dessus de la femme qu'il désirait tant conquérir, à apprendre à dire « baiser » en langue des signes... il lui aurait botté le cul et lui aurait dit d'arrêter de lui raconter des salades.

— Puis tourne la main, dos vers le sol, et avec le dos de l'autre main vers le plafond, joins-les... un peu comme des lapins qui copulent.

Une fois encore, elle lui fit la démonstration, et Cooper sentit un sourire bête lui monter au visage. Il copia ses mouvements et elle hocha le menton vers lui.

— C'est ça.

Sans mot dire, Cooper se pencha et l'embrassa. Ne se servant pas d'autre chose que de ses lèvres, il essaya de lui montrer ce qu'elle signifiait déjà pour lui.

Kiera tenta de l'attirer vers elle pour qu'il s'allonge sur elle, mais il refusa obstinément de bouger. Enfin, se rendant compte qu'il n'allait pas faire ce qu'elle voulait, elle fit courir ses ongles le long de ses biceps et s'abandonna à son baiser, le laissant prendre les rênes.

Cooper ferma les paupières et essaya de mémoriser le goût et la sensation de la bouche de Kiera sous la sienne. Il ne savait pas comment un baiser pouvait l'exciter au point qu'il pense jouir dans son pantalon, mais il n'avait jamais été aussi heureux de toute sa vie.

Se retirant, il baissa les yeux vers elle et attendit qu'elle ouvre les paupières. Alors, il dit doucement :

— Il est tard, il faut que je parte.

Faisant la moue, Kiera demanda :

— Déjà ?

— Ça fait des heures que je suis ici, lui dit Cooper.

— Déjà ? répéta Kiera avec un petit sourire.

Il s'assit et la fit asseoir contre lui.

— Merci pour ce premier rendez-vous génial, ma douce. Tu veux qu'on déjeune ensemble demain ?

— Oui.

Sa réponse fut immédiate et sincère. Même s'il se doutait bien qu'elle allait accepter, il n'en fut pas moins soulagé. Il avait fréquenté assez de femmes pour savoir que souvent, elles jouaient à des jeux, comme de penser qu'il devait s'écouler trois jours entre les rendez-vous, ou bien qu'accepter de voir un homme trop tôt après le premier rendez-vous signifierait qu'il s'ennuierait et qu'il penserait qu'elle n'en valait pas la peine. Il ne savait pas d'où elles tenaient ces idées.

— Je t'appellerai pour décider de l'heure. D'accord ?

— D'accord. Cooper ?

— Oui ?

— Merci.

— De quoi ?

— D'être un mec bien. De me faire me sentir spéciale. D'être capable d'avoir surmonté la noirceur que tu as dû ressentir après ta blessure et d'être devenu le mec génial que tu es aujourd'hui. De n'être pas mort au combat. Et d'avoir accepté d'être bénévole à mon école.

— Je t'en prie.

Il aurait pu rajouter pas mal de choses, mais il se dit qu'une simple réponse suffisait.

Dix minutes plus tard, Cooper rentrait chez lui avec un sourire. Il se rendit compte que pour la première fois depuis très longtemps, il était heureux. Il débordait de désir, mais il était heureux. Savoir qu'il allait passer une semaine à prendre des douches froides et à se masturber en souhaitant être avec Kiera ne parvint pas à lui ôter le sourire. Ça en vaudrait le coup. *Elle* en vaudrait le coup.

CHAPITRE SEPT

— Quand reviens-tu ? demanda Cooper à Tex alors qu'il était assis dans sa voiture devant l'école pour les sourds de Riverton.

Il avait découvert que s'il réglait sa prothèse au maximum, il pouvait se servir du téléphone sans le téléprompteur. Parfois, c'était plus facile d'utiliser le service de traduction, mais quand il parlait à ses amis – et à Kiera, bien sûr –, il aimait être capable de leur parler directement plutôt que de lire leurs mots sur l'écran.

Lui et l'ancien soldat s'étaient immédiatement entendus quand ce dernier était venu leur rendre visite deux mois auparavant, et ils étaient restés en contact depuis. Ils avaient longuement discuté deux ou trois fois sur leurs difficultés à se réacclimater à la vie civile après avoir été un agent des forces spéciales durant aussi longtemps. Tex avait pas mal de vraiment bons conseils qui avaient fait réfléchir Cooper à sa vie et accepter enfin le tournant qu'elle avait pris.

Mais pendant le mois qui venait de s'écouler, ils s'étaient appelés simplement pour parler. Cooper appréciait sincèrement Tex et ils avaient prévu de s'organiser pour qu'il revienne. Il était content que Tex veuille faire le voyage juste pour le voir. Il savait qu'il était ami avec Wolf et les autres soldats qui travaillaient avec le commandant Hurt. Mais d'entendre l'autre homme dire qu'il voulait spécifiquement passer du temps avec lui donnait à Cooper l'impression que Tex était véritablement un ami et qu'il ne rendait pas seulement service à Hurt. Dans le futur, Cooper avait envie de lui rendre la pareille et d'aller en Virginie rencontrer Melody et leurs enfants, puis d'emmener Kiera avec lui quand il s'y rendrait.

Kiera et lui avaient passé du temps ensemble presque tous les jours, et il n'avait jamais été aussi heureux. C'était vendredi, et après le travail, elle viendrait chez lui. Le soir était venu.

Cela faisait deux mois qu'il la courtisait. Il avait appris beaucoup de choses sur elle, et elle avait fait pareil avec lui. Il avait appris que si elle ne buvait pas de café dès qu'elle se réveillait, il ne devait rien lui dire d'important. Tout comme elle avait appris qu'il était vraiment du matin et pas un oiseau de nuit.

Ils avaient eu quelques désaccords – il ne les aurait pas appelés des disputes –, mais tous les deux avaient simplement appris à mieux se connaître mutuellement. Dans l'ensemble, Cooper était plus que certain que Kiera était la femme avec laquelle il voulait passer le reste de sa vie, et il espérait qu'elle ressente la même chose.

Ce soir-là, il voulait lui faire l'amour. Il voulait lui montrer à quel point il l'aimait. Il savait qu'elle était prête. Elle le lui avait dit à la façon dont elle s'accrochait à lui quand ils se pelotaient, la façon dont elle le suppliait de continuer, et aussi quand elle faisait la moue lorsqu'il s'écartait d'elle. Il n'avait pas eu véritablement l'intention de l'allumer, mais le week-end dernier, quand elle l'avait accusé de faire précisément cela, il avait réalisé que la raison pour laquelle il avait voulu attendre n'avait plus cours. Il la connaissait, tout comme elle le connaissait lui. Il était temps qu'ils arrêtent de se torturer mutuellement.

La voix de Tex le tira de ses rêveries concernant Kiera et le ramena au moment présent.

— Je pensais venir la semaine prochaine... Si c'est bon.

— Oui, c'est plus que bien. Melody et les enfants t'accompagnent-ils ?

— Pas cette fois, dit Tex avec une note de déplaisir dans la voix. Et elle et les autres femmes ne sont pas vraiment contentes à ce propos. Akilah doit faire un truc avec l'école qu'elle ne veut pas manquer.

— Et tu es d'accord pour rater ça ? demanda Cooper.

— Ouais. C'est une pièce et Akilah joue un petit rôle. Je l'ai vue lire ses répliques plusieurs fois et j'ai répété avec elle. Et puis c'est joué deux week-ends d'affilée. Je vais la voir ce soir, mais Melody veut assister à toutes les représentations. Mais moi, je peux simplement en tolérer un petit peu, dit Tex avec un petit rire.

— Tu pourras rester combien de temps ?

— Seulement quelques jours. Patrick a dit qu'il organiserait un entraînement rapide pour moi avec l'équipe de Wolf, alors je peux le déduire de mes impôts et demander à ma boîte de sécurité de payer le voyage.

— C'est génial, lui dit Cooper. Content que ça marche comme ça.

— Moi aussi. Alors j'arriverai mercredi et je repartirai dimanche. Ça marche ?

— Bien sûr. Tu veux venir à l'école et passer quelques heures avec moi jeudi ? J'ai dit au directeur que je ferai une présentation aux grandes classes sur la marine et les forces spéciales.

— Je ne connais pas la langue des signes, admit Tex.

— Ce n'est pas grave. Je peux traduire pour toi.

— Alors oui, ça a l'air cool.

— Tu sais déjà où tu vas dormir ?

— Non. J'allais justement y penser.

— Tu peux rester chez moi, lui dit Cooper. Mais je suis certain que Wolf et les autres ne verraient aucun problème à ce que tu restes avec eux.

— Merci de me le proposer. Tu es certain que je ne vais pas te déranger ? demanda Tex.

— Non. Et je suis quasiment certain de pouvoir rester avec Kiera pendant que tu seras là.

— Ça se passe bien alors ?

— Oui. Je n'ai jamais rencontré quelqu'un comme elle. Quand on n'est pas ensemble, je pense à elle. Et quand je suis avec elle, je ne m'imagine pas être ailleurs.

— On dirait moi et Melody. Je suis content pour toi, mon vieux, lui dit Tex.

— Merci. Alors on se voit mercredi. Tu as besoin que je vienne te chercher à l'aéroport ? demanda Cooper.

— Non. Je demanderai à Wolf de venir me chercher. On se voit la semaine prochaine.

— À plus.

— Salut.

Cooper raccrocha le téléphone et ouvrit immédiatement la portière de sa voiture. Il avait passé de plus en plus de temps à l'école et aimait chaque seconde. Non seulement il avait l'occasion de voir Keira, mais il passait également du temps avec Frankie et les autres enfants. Il changeait toujours de classe quand il était là, mais il s'assurait toujours de passer voir celle de Kiera avant de poursuivre sa journée.

Voir les yeux de Frankie s'illuminer quand il le voyait était presque aussi satisfaisant que de voir Kiera faire pareil. Presque.

Essayant de ne pas trop penser à la nuit qu'ils allaient vivre, Cooper ajusta sa verge dans son pantalon et la pria de se calmer. Il ne voulait absolument pas bander dans une salle de classe. C'était le genre de choses qui aurait justifié son renvoi à vie... à juste titre. Inspirant profondément, il regagna à grands pas la porte de l'école. Il passerait au bureau pour s'identifier et voir où il pourrait se rendre le plus utile, puis il irait rejoindre Kiera. La journée se présentait bien.

Kiera trouvait incroyable la différence qu'avait faite Cooper dans le développement éducationnel et émotionnel de Frankie. Depuis le jour où il avait commencé à faire du bénévolat dans sa classe, Frankie, autrefois renfermé, était devenu le gamin le plus populaire de la classe. Tous les autres enfants voulaient s'asseoir avec lui, ils se battaient pour être ses partenaires durant des projets et il ne s'était plus jamais assis seul au réfectoire depuis.

Il avait également commencé à exceller dans tous les aspects du programme. Il signait cent fois mieux à présent qu'il faisait l'effort d'apprendre. Il lisait au même niveau que les autres enfants de la classe et ses capacités en mathématiques, qui étaient déjà bonnes, étaient devenues extraordinaires. Une des choses qu'adorait Kiera dans le fait d'être enseignante était de voir un élève faire des progrès, et ceux qu'effectuait Frankie étaient remarquables.

La situation familiale du petit garçon était apparemment bien plus stable à présent que lui et son père avaient trouvé une routine et que sa mère ne faisait plus partie de sa vie. À la dernière réunion parents-profs, son père avait admis que son ex avait essayé de contacter Frankie plusieurs fois en appelant et espérant que le petit allait répondre au téléphone. Heureusement, le papa avait intercepté les appels. Sans l'influence toxique de sa mère, l'enfant se développait et prospérait.

Mais ce n'était pas simplement Frankie qui se débrouillait extraordinairement bien. Cooper aussi avait attrapé la manie de la langue des signes et l'assimilait à un rythme fantastique. Il signait à présent sans problème avec les autres enseignants de l'école et avait rarement besoin de demander à Kiera d'interpréter ou de lui traduire un signe. Il lui avait montré une application qu'il avait utilisée pour apprendre tout seul et elle fonctionnait étonnamment bien.

Cooper ne possédait peut-être pas de diplôme universitaire, mais il était intelligent, très intelligent, et Kiera se disait qu'elle avait beaucoup de chance d'être avec lui. Elle lui avait posé un tas de questions au début de leur relation pour savoir s'il voulait vraiment être avec *elle*, une femme plus âgée qui n'était pas vraiment une top model, et il l'avait rassurée continuellement, jusqu'à ce qu'un soir, il s'emporte contre elle.

Ils ne s'étaient pas vraiment disputés, mais il avait été suffisamment frustré par son manque d'estime personnelle au sujet de leur relation pour lui dire que cela le mettait mal à l'aise. Il lui avait assuré que s'il ne voulait pas être avec elle, il ne l'aurait pas été. Mais il était extrêmement heureux pour la première fois de sa vie et être avec elle le rendait fier, tout en ayant facilité sa transition à la vie civile.

En y repensant, Kiera s'était rendu compte qu'il avait raison. Elle avait besoin d'arrêter de se demander pourquoi Cooper était avec elle et de simplement profiter de l'existence. Personne ne pointait du doigt ou ne riait quand ils sortaient ensemble. Et au final, si cela ne comptait pas entre eux, alors les autres pouvaient bien penser ce qu'ils voulaient.

Une fois qu'elle avait dépassé ses inquiétudes concernant leurs âges respectifs, le mois précédent avait été idyllique… si ce n'était que Cooper refusait obstinément qu'ils couchent ensemble. Kiera commençait à avoir un complexe. Elle l'avait quasiment prié de lui faire l'amour l'autre soir et il avait quand même refusé. Quelle sorte de mec faisait ça ?

C'était déroutant et frustrant, mais cela ne lui

donnait pas envie de casser. Elle avait simplement envie de comprendre ce qui le retenait. Quand ils avaient commencé à sortir ensemble, cela avait été évident. Elle appréciait le fait que Cooper veuille y aller en douceur et qu'ils apprennent à se connaître vraiment avant de consommer leur relation. Mais maintenant ? Elle était prête. Plus que prête. Elle allait lui parler sérieusement ce soir-là et voir où il en était mentalement.

La classe était en train d'avoir leur « cercle de parole ». C'était un moment informel chaque jour pour que tous les enfants puissent parler aux autres de quelque chose qu'ils avaient fait la veille ou juste pour partager une histoire. Cela les aidait à développer leur maîtrise de la langue des signes et leurs compétences sociales.

La petite Jenny parlait généralement à la classe de ce qu'elle avait mangé la veille, Rébecca aimait parler du nouveau chiot que sa famille venait d'adopter. Les autres élèves avaient tous leurs préférences et Kiera savait généralement de quoi ils allaient discuter. Mais pas Frankie...

Il pouvait parler de choses banales ou bien de ce que sa mère lui disait autrefois. Kiera n'oublierait jamais le jour où il s'était ouvert. Elle se disait d'ailleurs que c'était parce que Cooper avait été présent. L'enfant avait raconté que sa mère lui avait dit qu'il était tombé malade et avait perdu son ouïe quand il était bébé parce que Dieu avait commis une erreur en lui permettant de venir au monde ; c'était sa manière de le punir.

Kiera avait été horrifiée, et elle avait fait de son mieux pour le rassurer en lui disant que ce que sa mère avait dit n'était pas vrai. Mais ce n'est pas avant que l'une des petites filles lui dise innocemment que « s'il n'était pas là, alors ils ne seraient jamais devenus amis » qu'il avait paru se détendre. Que l'innocence des enfants soit louée !

Ce jour-là, durant le temps de parole, Frankie avait voulu en apprendre davantage sur le temps que Cooper avait passé dans les forces spéciales.

— Vous pouvez nous en dire plus sur les signes secrets que vous deviez utiliser avec vos amis ? demanda-t-il à Cooper en signant.

Ce sujet l'obsédait depuis que Cooper lui en avait parlé.

Cooper et elle avaient parlé de ce que les élèves de CP étaient en droit d'apprendre de sa carrière militaire et de ce qu'il valait mieux taire, alors Kiera ne doutait pas que Cooper sache éviter de dire aux enfants des choses qui les effraieraient.

Quand il répondit, c'est en signant lentement et

précisément afin que tous les enfants puissent le comprendre. Elle était tellement fière de voir les progrès qu'il avait faits en termes de capacité à signer et de confiance en lui.

— Une fois, on était dans la jungle et on observait les méchants. Il fallait qu'on soit très silencieux pour qu'ils ne puissent pas nous entendre.

— Comme cache-cache ? l'interrompit Frankie.

— Exactement, signa Cooper avec un sourire. Quoi qu'il en soit, j'étais allongé près d'un de mes potes et j'ai vu un gros serpent suspendu dans les branches au-dessus de sa tête. Je savais qu'il avait terriblement peur des serpents, alors je lui ai adressé le signe qu'il y avait un danger au-dessus de lui. Mais je n'avais pas de signe pour dire « serpent ». Il a hoché la tête et m'a répondu qu'il avait compris et qu'il observait nos ennemis. J'ai secoué la tête et ai essayé de le lui répéter, mais il a encore mal compris. Enfin, j'ai pointé sa tête du doigt et j'ai fait un signe bizarre pour dire serpent, comme ça...

Cooper fit la démonstration, utilisant un geste de la main exagéré qui ne ressemblait en rien au signe officiel pour serpent, et tous les enfants éclatèrent de rire.

— Mon ami a compris. Il ne pouvait pas se

redresser parce que nos ennemis l'auraient repéré, et il ne pouvait pas crier pour la même raison.

— Qu'est-ce qu'il a fait ? signa Frankie avec un grand sourire sur le visage.

— Il s'est évanoui, dit Cooper au petit garçon et au reste des enfants. Il a eu tellement peur qu'il a littéralement fermé les yeux et s'est évanoui là, dans la jungle, en plein milieu de la mission.

Tout le monde pouffa. Kiera aimait ce son. Sa classe était typiquement très silencieuse, contrairement à celles avec des enfants entendants. Mais quand ses élèves riaient, c'était l'un des sons les plus joyeux qu'elle avait jamais entendus.

— Le serpent l'a mordu ? demanda Frankie une fois qu'il se fut arrêté de rire.

Cooper secoua la tête.

— Non. Il ne s'est même pas approché de lui. Il est juste parti comme si mon ami n'en valait pas la peine. Vous voulez savoir la meilleure partie de l'histoire ?

— Quoi ? signa Frankie avec impatience.

— Depuis ce jour-là, le nouveau surnom de mon ami a été Snake.

Une fois encore, tous les enfants rirent.

Jetant un œil à sa montre et voyant que c'était l'heure de la récréation, Kiera agita les mains et informa les enfants qu'il était temps de faire une pause. Ils se redressèrent immédiatement et commencèrent à replacer leurs chaises derrière leurs pupitres comme on le leur avait appris. Elle vit alors Frankie se diriger vers Cooper et tirer sur sa chemise pour attirer son attention.

Quand il l'eut obtenue, Frankie signa :
— Je vous aime.

Son cœur fondit.

Cooper s'accroupit et lui rendit le signe, attirant Frankie dans ses bras pour le serrer contre lui.

Alors qu'elle pensait ne pas être capable d'aimer cet homme davantage, il la surprenait avec quelque chose comme ça !

L'amour... Oui, elle l'aimait. C'était rapide au bout de deux mois, mais au plus profond de son cœur, elle savait que Cooper était l'homme idéal.

Frankie se recula, sourit à Cooper puis courut vers son casier pour prendre sa veste avant d'aller se mettre en rangs derrière les autres enfants.

C'était à elle de surveiller les enfants pendant la récréation. Les enseignants le faisaient chacun leur tour pour pouvoir faire des pauses durant la journée. Kiera n'avait pas le temps de dire – et de montrer – à Cooper à quel point elle l'appréciait, alors elle se décida pour une étreinte rapide pendant que les enfants étaient occupés à enfiler leurs vestes et à se mettre en rangs.

Elle se tint sur la pointe des pieds et lui fit baisser la tête afin de placer les lèvres près de son oreille gauche pour être certaine qu'il l'entende.

— Tu es génial, Cooper Nelson. J'ai hâte d'être à ce soir pour te le montrer.

Il lui pressa les hanches et lui sourit alors qu'elle s'écartait de lui.

— Je te retrouverai chez toi quand tu seras rentrée, ma belle.

— D'accord.

Puis il se pencha et plaça ses propres lèvres contre son oreille. Ce qu'il lui dit la surprit alors :

— J'aimerais changer la nature de notre relation ce soir... si tu es ouverte.

Kiera frémit devant la promesse qu'elle entendit dans sa voix. Enfin !

— Je suis ouverte, lui dit-elle d'une voix essoufflée. *Très* ouverte.

Ils restèrent plantés là à se sourire quand l'attention de Kiera fut attirée par quelqu'un qui tirait sur son chemisier. C'était Jenny.

— C'est l'heure de la récréation, signa-t-elle impatiemment.

Cooper lâcha immédiatement Kiera et fit un pas

en arrière, mettant une distance respectable entre eux.

— On se voit plus tard, signa-t-il en lui adressant un clin d'œil.

Il se dirigea vers l'avant de la file des enfants, qui attendaient patiemment qu'on leur permette de sortir. Il dit au revoir à chacun, s'assurant de leur ébouriffer les cheveux ou de les faire se sentir spéciaux d'une manière quelconque. Quand il arriva près de Frankie, il leva le menton comme il l'avait enseigné au petit garçon le premier jour qu'ils s'étaient rencontrés. Puis il poussa un petit rire quand le gamin lui rendit son geste et lui signa :

— Je crois que mademoiselle Kiera vous aime bien.

— C'est bien. Parce que je l'aime bien aussi, dit-il au petit garçon.

Puis il plaça sa grande pogne sur l'épaule de Frankie, la pressa et s'éclipsa.

Kiera inspira profondément et mena sa classe à l'extérieur pour prendre un peu l'air. Comme d'ordinaire, elle fit le tour de la cour pendant que les enfants jouaient, au lieu de rester adossée au bâtiment. Elle se disait que c'était mieux de rester aux aguets et accessible au cas où l'un des enfants avait besoin de quoi que ce soit, au lieu de rester trop près de l'école.

Elle inspira profondément à deux reprises, essayant de se remémorer quels sous-vêtements elle avait enfilés ce matin-là. Cooper semblait enfin décidé à passer à l'acte... et elle débordait d'impatience.

CHAPITRE HUIT

Kiera arriva chez elle en retard. Des tonnes de choses lui étaient tombées dessus en fin de journée. D'abord, le père de Frankie avait voulu lui parler quand il était venu chercher son fils pour s'assurer qu'elle avait conscience que son ex lui causait apparemment des problèmes. Elle le harcelait et le menaçait de lui retirer Frankie pour de bon s'il ne lui permettait pas de le voir.

Il avait contacté la police, tant à Riverton qu'à Los Angeles où vivait son ex, mais il voulait être certain que l'école saurait se montrer vigilante en ce qui concernait son fils.

Kiera l'avait rassuré, l'informant que Frankie se débrouillait très bien, puis un autre instit était venu demander ce qu'elle pensait d'une leçon. Et enfin le principal était arrivé pour lui faire la causette.

Alors elle était repartie chez elle avec une demi-heure de retard. Comme elle s'y attendait, Cooper patientait quand elle s'engagea sur le parking de son appartement. Il était appuyé contre sa voiture, un genou plié, une de ses bottes calée sur le béton, ses bras musclés croisés sur sa poitrine, ses lunettes de soleil sur son nez, ses cheveux sombres brillant dans le soleil de la fin de l'après-midi, et Kiera sentit monter l'excitation rien qu'à le regarder.

Il débordait de masculinité et elle savait sans l'ombre d'un doute que si un croquemitaine avait bondi de derrière un buisson, Cooper aurait fait tout ce qui était en son pouvoir pour la protéger. C'était la certitude qu'il aurait fait n'importe quoi pour elle qui le rendait si attirant. Sa beauté n'était qu'un bonus.

— Hé ! dit Kiera en sortant de sa voiture qu'elle avait garée sur la place à côté de la sienne. Désolée du retard.

Sans mot dire, il se redressa et la rejoignit d'un pas vif. Il posa alors les mains des deux côtés de son cou, lui leva le menton, et l'embrassa. Ce n'était pas un baiser long, mais il n'était pas court non plus. Elle leva les yeux vers lui et déglutit. Cooper était toujours intense, mais ce soir-là, il semblait l'être encore davantage.

— Le reste de ta journée s'est bien passé ? lui demanda-t-il doucement.

Kiera hocha la tête.

— Et toi ?

— Ça va. Tu as faim ?

— On peut dire ça, lui dit-elle.

Cooper la regarda un long moment avant de dire :

— Je t'ai attendue toute ma vie, Kiera. Je ne sais pas si c'est toi que j'attendais, mais à présent que je t'ai trouvée, je n'ai plus jamais envie de te laisser partir.

Avec des papillons dans le ventre, Kiera leva les mains et les posa sur ses biceps.

— Je ne veux pas que tu me lâches.

— Je ferai des choses à l'avenir qui te mettront en colère, je le sais. Je dirai des conneries et ferai des choses insensées. Mais je jure devant Dieu que je ne te ferai jamais du mal exprès.

— Je le sais, répondit doucement Kiera.

Et c'était vrai. Plus elle côtoyait Cooper, plus elle voyait qu'il prenait soin d'être prévenant avec elle.

— Mais j'ai besoin de dire une chose...

Il marqua un temps d'arrêt pour prendre son

élan et Kiera se tendit. Elle enfonça ses ongles dans ses bras sans y penser. Elle ne s'imaginait pas ce qu'il avait bien envie de lui dire qui le rendait aussi nerveux.

Il la regarda droit dans les yeux et dit :

— Si tu me laisses rentrer dans ton corps, je ne te laisserai jamais partir. J'ai besoin que tu le comprennes. Même si je te mets en colère et que tu m'envoies chier, je ne partirai pas. Je me battrai de toutes les molécules de mon corps pour te garder. Pour faire que tu me pardonnes. Si tu n'es pas prête pour ce genre d'engagement, dis-le-moi tout de suite et je prendrai mes distances. On peut rentrer, dîner, se peloter comme on l'a fait jusque-là, et puis je rentrerai chez moi. Je ne prends pas à la légère le fait que tu veuilles me donner ton corps, Kiera. Si tu t'offres à moi, tu t'offres à moi. D'esprit, de corps et d'âme. Mais il faut que tu sois sûre, ma belle. Que tu sois absolument certaine que tu as envie de moi dans ta vie avant qu'on aille plus loin.

— Je t'aime, lâcha soudain Kiera, qui ferma alors les yeux, embarrassée.

Elle n'avait pas eu l'intention de le lui balancer de la sorte. Elle avait voulu le dire dans un moment romantique. Mais maintenant que c'était dit, elle décida de suivre le mouvement. Elle ouvrit les yeux et voulut en dire davantage, mais elle se figea en avisant l'expression de Cooper.

Il la regardait d'un air ébahi, mais il serrait les dents comme si quelque chose l'irritait. Perdant son aplomb, Kiera se contenta de le regarder.

Plusieurs secondes s'écoulèrent. Cela lui sembla une éternité, mais il dit enfin :

— Je t'aime aussi, Kiera. Tellement que certains jours je ne pense pas pouvoir tenir cinq minutes de plus sans te parler, sans te voir. C'est à tel point que la pensée que tu me quittes me fend littéralement le cœur.

Elle posa une main sur la poitrine de Cooper, au niveau de son cœur, et la caressa doucement.

— Alors pourquoi est-ce que tu as l'air aussi en colère ?

— Je ne suis pas en colère, contra-t-il immédiatement. Pas le moins du monde. J'essaye de ne pas te faire basculer sur mon épaule, courir jusqu'à ton appartement et enfoncer la porte pour pouvoir te jeter sur le lit plus vite.

Kiera lui sourit alors, comprenant enfin pourquoi tous les muscles de son corps semblaient tendus.

— Alors pourquoi tu ne le fais pas ?

À ces mots, le corps de Cooper se tendit davantage, si c'était possible.

— Parce que ma femme a travaillé toute la journée et qu'elle a faim. Il faut que je la nourrisse.

— Nourris-moi après, Cooper, lui dit-elle en faisant remonter ses mains sur sa poitrine pour les refermer à l'arrière de son cou.

Puis elle se dressa sur la pointe des pieds et colla son corps contre le sien.

— Cela fait bien trop longtemps que j'attends de t'avoir nu dans mon lit, de t'avoir en moi. Fais-moi l'amour, Cooper. Éteins ce feu en moi que tu es le seul à pouvoir moucher. Je t'en prie. Pour l'amour de Dieu. J'ai besoin de toi.

— Ce que je t'ai dit plus tôt te convient ? Qu'une fois que je m'enfoncerai dans ta petite chatte humide, tu ne me laisseras plus partir ?

— J'y compte bien. Je te donne librement mon cœur. Je sais que tu sauras t'en occuper. Même si tu risques de me contrarier à l'avenir, je ne vais nulle part. Pareil quand ça m'arrivera ; je sais que tu ne me quitteras jamais énervé.

Sans un mot de plus, Cooper plaça un bras autour de sa taille et, la gardant collée contre lui, commença à avancer vers son appartement.

Kiera sourit, sachant qu'elle l'aurait laissé l'emmener où il avait envie d'aller.

Il se servit de sa clé pour ouvrir la serrure et referma la porte du pied une fois parvenu à l'intérieur. Il prit le temps de refermer le verrou, sans quoi il ne s'arrêta pas et se dirigea droit vers la chambre à coucher, ne s'immobilisant que lorsqu'ils se retrouvèrent tous les deux debout près de son lit.

— Déshabille-toi, lui dit-il sans la quitter du regard.

Au lieu de s'irriter de cet ordre, Kiera fit ce qu'il lui demandait. Elle leva d'abord la main pour retirer la barrette qui retenait ses cheveux, secouant la tête alors que ses boucles blondes tombaient sur ses épaules. Aimant voir Cooper en rester bouche bée, elle sourit.

— Seigneur ! Je n'ai pas encore vu le moindre centimètre carré de ta peau nue et je bande déjà tellement que je pourrais jouir juste en regardant tes cheveux, marmonna Cooper.

Kiera ne s'arrêta pas à ces mots, même s'ils la firent défaillir. Elle retira ses chaussures du bout des pieds puis déboutonna son pantalon avant de faire descendre la fermeture éclair. Elle le descendit sur ses hanches jusqu'à ce qu'il retombe sur ses pieds. Quelque part, retirer son pantalon en premier ne semblait pas aussi effrayant que de faire passer son haut par-dessus sa tête.

Cooper n'avait pas ce genre d'inhibitions. Il ôta son haut en premier, saisissant le tissu dans son poing derrière sa nuque et le faisant passer par-dessus sa tête d'un mouvement fluide et rapide.

Se sentant défaillir devant la largeur solide de sa poitrine exposée dans toute sa gloire, Kiera fit une pause pour l'admirer.

— Ne t'arrête pas, ordonna Cooper d'une voix rauque.

Se remémorant ce qu'elle avait fait et pourquoi, Kiera décida d'en finir rapidement, comme lorsqu'on retirait un pansement. Croisant les mains devant sa taille, elle saisit le tissu de son chemisier et le fit rapidement passer au-dessus de sa tête.

Elle se tint alors maladroitement devant Cooper, seulement vêtue de ses sous-vêtements en coton dépareillés. Sa culotte était en tissu léopard et son soutien-gorge blanc. Ils n'étaient absolument pas distingués ou séduisants. Elle les avait enfilés ce matin-là parce qu'ils étaient confortables, pas parce qu'elle avait pensé à les porter devant Cooper le soir venu.

Rougissante et essayant de ne pas paraître trop embarrassée, Kiera fit un bond quand elle sentit les mains de Cooper sur ses hanches. Il l'attira contre son propre corps presque nu et elle frissonna de plaisir quand elle sentit sa peau chaude contre la sienne.

— Tu es belle, dit-il avec révérence, se servant de ses pouces pour caresser de haut en bas sa peau sensible.

— Mes sous-vêtements ne sont pas sexy, dit Kiera en se mordant la lèvre.

— C'est toi. Et j'aime ça. Je t'aime, dit-il avant de pencher la tête pour l'embrasser.

Ils s'embrassèrent pendant un long moment. Étonnamment, il n'y avait pas d'urgence. Simplement de longs mouvements lents de leurs lèvres, des caresses et des explorations paresseuses. Kiera percevait l'érection de Cooper contre son ventre et elle se sentait sexy et désirée. Plus que tout ce qu'il aurait pu lui dire, la preuve de son excitation la rassurait.

Ils s'écartèrent tous les deux au bout d'un moment et Kiera sentit les mains de Cooper remonter le long de son dos. Il immobilisa ses doigts sur le fermoir de son soutien-gorge et lui demanda :

— C'est bon ?

Tout ce qu'il faisait servait simplement à la faire tomber de plus en plus amoureuse de lui.

— Oui, je t'en prie, dit-elle.

Cooper ouvrit le fermoir en deux temps, trois mouvements, et elle se retrouva devant lui sans rien d'autre que sa culotte.

Ses yeux descendirent de son visage à sa poitrine, et Kiera vit sa respiration s'accélérer. Il inspira profondément et leva lentement ses mains vers ses seins. Comme si elle était faite en verre, il la caressa, passant légèrement les doigts sur chaque globe palpitant. Elle trembla quand son contact léger la chatouilla.

— Plus fort, Cooper, exigea-t-elle, posant une de ses mains sur la sienne et appuyant fermement dessus. Je ne suis pas en cristal.

Suivant son exemple, Cooper utilisa plus de pression pour la caresser. Voyant qu'il avait pris le rythme, Kiera laissa retomber ses mains sur ses hanches et introduisit ses doigts sous l'élastique de son caleçon. Elle ne le retira pas directement, profitant simplement de l'intimité du moment.

Cooper lui caressa les seins et prit ses deux mamelons, les faisant rouler entre ses doigts et darder plus fort qu'ils ne l'avaient été jusque-là. Œuvrant doucement, comme s'il lui demandait la permission en silence, il baissa la tête. Kiera cambra le dos, lui donnant la permission qu'il recherchait, et elle soupira d'extase quand elle sentit ses lèvres se refermer autour de son mamelon.

Pendant quelques instants, il rendit hommage à ses seins. La léchant, la mordillant, et même la suçotant. À un moment donné, il la suça tellement fort sur la courbe intérieure de son sein droit que Kiera se demanda si cela allait laisser une marque.

Quand il leva la tête, examina la marque qu'il avait laissée, fit courir son doigt dessus et sourit, Kiera se dit qu'il savait parfaitement ce qu'il faisait et qu'il lui avait fait un suçon exprès.

— Tu t'amuses bien ? demanda-t-elle sèchement.

— Beaucoup, lui répondit-il.

Décidant qu'il était temps de passer à l'étape suivante, Kiera fit descendre ses paumes sur l'extérieur de ses cuisses, faisant également glisser son boxer. Elle continua jusqu'à ce qu'elle se retrouve agenouillée devant lui avec son érection sous le nez.

Prenant possession de cet appendice belliqueux, Kiera s'inquiéta une seconde qu'il ne parvienne pas à rentrer. Il était grand… probablement pas plus que les autres hommes qui dépassaient le mètre 80, mais elle n'était jamais sortie avec quelqu'un qui faisait cette taille.

— Ça va rentrer, murmura Cooper en ne cessant

de parcourir son corps de ses mains comme s'il ne savait pas où les mettre.

Il se décida enfin à les placer sur les épaules de Kiera et à lui caresser les clavicules avec le pouce.

Sans mot dire, Kiera saisit la base de sa verge d'une main et se servit de l'autre pour se caler sur sa cuisse. Il frémit visiblement dans sa main, alors elle recommença.

Une goutte apparut au sommet du gland violacé et elle la lécha.

Il grogna et ses mains se serrèrent sur ses épaules.

Elle le lécha à nouveau puis, sans prévenir, elle baissa ses lèvres vers lui, prenant dans sa bouche autant de sa longueur qu'elle le put.

— Oh, mon Dieu, jura Cooper. C'est super bon !

Espérant lui donner au moins la moitié du plaisir qu'il lui donnait quotidiennement, elle ne s'était pas attendue à le sentir soudain la prendre sous ses bras pour la soulever afin qu'elle se retrouve à nouveau debout devant lui. Elle sentit l'humidité de sa bouche et son excitation sur son ventre tandis qu'il respirait profondément.

— Pourquoi m'arrêtes-tu ? demanda Kiera avec une certaine timidité. Je ne me débrouillais pas correctement ?

— Pas correctement ? demanda-t-il, haussant des sourcils incrédules. Non, je dirais que c'était plutôt trop bien. La première fois que je vais jouir avec toi, je n'ai pas envie que ce soit dans ta bouche. J'ai envie d'être profondément enfoncé en toi, de sentir ton orgasme presser ma verge tandis que j'exploserai.

— Oh...

— Oui, *oh*...

Sans rien dire de plus, il lui retira sa culotte et l'encouragea à s'allonger sur le matelas où il la rejoignit rapidement et s'agenouilla au-dessus d'elle.

— J'aime tes boucles blondes, dit-il, les yeux braqués vers son entrejambe.

— Tu ne veux pas que je m'épile ? Ça paraît être la mode en ce moment.

— Absolument pas, dit-il rapidement en passant la main à travers les poils drus qui poussaient entre ses cuisses, répandant la moiteur de son intimité vers son clitoris.

— Je t'aime exactement telle que tu es.

Kiera écarta les jambes, lui donnant accès à l'endroit où elle avait le plus envie qu'il soit, et elle ne put s'empêcher d'incliner les hanches vers lui quand elle sentit sa verge la caresser. Le contraste entre leurs toisons respectivement blonde et brune était la chose la plus érotique qu'elle avait jamais vue.

Sans mot dire, il brandit la capote qu'il tenait à la main et demanda :

— Tu veux le faire ?

Kiera secoua la tête.

— Je ne l'ai jamais fait pour un homme avant. Je ne veux pas me planter.

— Il n'y a guère de risques de te planter, ma belle, dit Cooper en affichant un large sourire. Mais je comprends. Je t'apprendrai une autre fois. Mais tu dois savoir, à présent que tu es à moi, que j'aimerais bien ne rien sentir entre nous à l'avenir. Tu es d'accord ?

Kiera hocha la tête.

— Oui, je prends la pilule, même si c'est plus pour réguler mes règles que comme moyen de contraception. Tant qu'on fait attention et que je ne tombe pas enceinte, j'aimerais te sentir en moi sans préservatif.

Il ferma les yeux, comme si ses mots suffisaient à le faire basculer, puis il les rouvrit et dit :

— Rien que la pensée de jouir en toi et de te couvrir de mon sperme manque de me faire perdre le contrôle. Ouvre davantage les jambes, ma belle.

Elle lui obéit tout en le regardant se couvrir. Il saisit la base de sa verge et s'avança sur ses genoux.

Puis il fit aller et venir son gland sur son intimité et dit :

— J'ai envie de lécher et de sucer le moindre centimètre de ta jolie chatte, mais je ne tiens déjà plus qu'à un fil. À la seconde où je t'aurai goûtée, je sais que je perdrai le contrôle, alors on fera ça plus tard. Tu es prêt pour moi, Kiera ?

— Oui, prends-moi, Cooper.

Il grogna et se pressa légèrement contre elle, le bout de sa verge disparaissant entre ses plis tandis qu'il poussait un juron.

Kiera sentit son corps se serrer contre lui, essayant de le repousser.

— Détends-toi, ma douce, murmura-t-il, se servant de son pouce pour caresser doucement la boule de nerfs entre ses cuisses.

Sa caresse sur son clitoris fit gémir Kiera de plaisir et elle écarta davantage les cuisses, souhaitant mieux ressentir cette sensation plaisante. Il pressa dessus tout en continuant à se servir de sa main pour la distraire.

— Cooper, dit-elle, ignorant si elle était stressée ou bien super excitée.

— J'y suis, ma belle. Souffle. Respire, lui dit-il tendrement.

Elle fit comme il le suggérait et le sentit au plus

profond d'elle. Elle se sentait pleine, extrêmement pleine, et elle était particulièrement reconnaissante qu'il lui donne un moment pour s'ajuster à sa taille.

Kiera leva les yeux vers lui et vit qu'il était recroquevillé sur elle sans bouger un muscle.

— Je suis désolée, murmura-t-elle.

— De quoi ? demanda-t-il.

Elle n'en était pas certaine. Elle ressentait simplement le besoin de s'excuser.

— Je sais que tu ne t'excuses pas d'être étroite. Ou bien de n'avoir visiblement pas connu d'homme depuis un moment. Ou bien d'avoir besoin d'un moment pour t'ajuster. Parce que si c'est le cas, je vais me mettre en rogne.

Kiera pinça les lèvres. Dit comme ça, effectivement, c'était stupide. Elle se contorsionna sous lui et ce mouvement leur tira à tous les deux une inspiration brusque.

— C'est vraiment bon, souffla Cooper. Ça va ?

— Oui. Tu peux y aller, lui dit Kiera, pas entièrement certaine que ce soit vrai.

Cela dit, ce n'était pas comme si elle pouvait se contenter de rester allongée là, immobile, toute la nuit.

Cooper se retira d'un centimètre, puis la pénétra à nouveau.

C'était bon.

— C'est super bon, lui dit-elle.

Il ne répondit rien, mais lui adressa un sourire. Puis il recommença. Et une autre fois encore. À chaque fois, il se retirait davantage avant de pénétrer à nouveau lentement et tendrement dans sa chaleur moite. Enfin, ses coups de reins prudents ne suffirent plus.

— Encore, dit fermement Kiera. Ça va, maintenant. J'en veux davantage.

— Alors tu l'auras. Je vais te donner ce dont tu as besoin, ma belle.

Ses paroles étaient douces, mais pour le moment, elle ne voulait pas de douceur. Quand il se retira pour lui donner un autre coup de reins, Kiera souleva les hanches pour l'accueillir plus profondément.

— Tu en es sûre ? demanda Cooper.

— Oui. Baise-moi. Je t'en prie.

Et c'est ce qu'il fit. Le temps cessa d'exister. Seul Cooper était présent. Il se servait de ses mains, de sa bite et de son corps pour s'assurer de la contenter. Et il y parvenait.

Après son premier orgasme, Kiera se dit que c'était fini, que Cooper ferait le nécessaire pour se faire jouir, mais il ne le fit pas. Il se contenta de lui sourire, passa sa main sur son front et ses cheveux et lui dit que la sentir exploser entre ses bras, sous lui, autour de lui, était la chose la plus extraordinaire qu'il avait jamais vue et ressentie. Puis il lui dit qu'il avait envie de le revoir et de le sentir une deuxième fois.

Ce n'est qu'après l'avoir vue jouir une troisième fois qu'il perdit enfin le contrôle. Il plaça les deux mains sur le matelas de part et d'autre de ses épaules et prit ce dont il avait besoin.

Le regard de Kiera passa de son visage à l'endroit où ils étaient connectés avant de remonter. Le regardant atteindre le point de non-retour était terriblement excitant. Quand il perdit enfin le fil, il poussa autant qu'il le put à l'intérieur d'elle et se tint immobile. Kiera le sentit palpiter et regretta de ne pas pouvoir sentir la chaleur de son sperme la remplir.

Il serra la mâchoire et ses paupières se fermèrent quand il ressentit l'extase de la jouissance. Enfin, quand il fut vidé, il rouvrit les yeux, et ce que Kiera y lut la fit frémir.

— Tu es à moi, déclara-t-il. Je ne te laisserai jamais partir.

— C'est bien. Je n'ai pas envie que tu le fasses, lui répliqua-t-elle.

Il sourit et s'allongea sur elle, prenant soin de ne

pas l'écraser. Puis il roula sur le dos et l'attira dans le mouvement. Ils gémirent tous les deux quand sa verge qui se ramollissait glissa hors de son corps.

— Il faut que tu t'occupes de la capote ? demanda-t-elle doucement, passant ses doigts à travers la toison de sa poitrine.

— Dans une minute. Ça me plaît tellement que je vais mettre un moment avant de pouvoir bouger, dit-il d'une voix endormie.

— Moi aussi.

— Ferme les yeux. Détends-toi.

Kiera essaya, mais quand son ventre se mit à gronder, ils éclatèrent tous les deux de rire.

— Je crois que j'ai plus faim que je ne l'avais cru, dit-elle d'un ton penaud.

Cooper tourna la tête et la regarda dans les yeux.

— C'est la première fois que je ris pendant le sexe.

— Euh, le sexe est terminé, l'informa-t-elle.

Le sourire de Cooper s'élargit.

— Tu sais ce que je veux dire.

Elle hocha la tête.

— Oui.

— Ça me plaît.

— À moi aussi.

Son ventre gronda à nouveau.

Cooper secoua la tête, amusé.

— Je crois qu'on va devoir se lever.

— Regarde les choses du bon côté, lui dit Kiera. On peut se lever, manger, puis avoir de l'énergie pour revenir ici et recommencer.

— Oui. Je voudrais bien du dessert après le repas. Bonne idée.

Kiera savait qu'elle rougissait, mais elle hocha quand même la tête.

Il eut pitié d'elle et s'assit, l'attirant à sa suite.

— Je vais m'occuper de la capote. Enfile mon T-shirt et rien d'autre. Je te retrouverai dans la cuisine pour t'aider à préparer quelque chose.

— Autoritaire, va ! se plaignit Kiera sans emportement.

Il se pencha et l'embrassa fort avant de dire :

— Je t'avais prévenue de ce qui se passerait si tu me laissais entrer dans ton corps de rêve.

— Tu as dit que je serais à toi, pas que tu te transformerais en homme de Néandertal qui grogne et veut que je reste pieds nus et à poil dans la cuisine.

— C'est pareil, bébé, c'est pareil, la taquina-t-il. Dis-moi que tu ne veux pas porter mon T-shirt et j'arrêterai.

Kiera se mordit la lèvre. Elle avait vraiment envie

de le porter. Il aurait son odeur et lui descendrait jusqu'à mi-cuisse, alors elle serait complètement couverte... et il y avait quelque chose dans le fait de porter ses vêtements qui lui faisait des trucs. Elle fronça le nez et refusa de répondre.

Il se contenta de rire.

— Allez, ma belle. Je te retrouve dans la cuisine.

— D'accord.

— Juste une chose encore, dit Cooper.

Kiera se tourna vers lui et haussa un sourcil interrogateur.

— Merci. Merci de m'aimer. De me faire confiance. De m'accepter. Tu ne le regretteras pas.

— Je sais que non, dit Kiera d'un ton décidé.

Puis elle l'embrassa et sortit du lit. Ayant conscience de se donner en spectacle, elle se pencha, prit son T-shirt et le fit passer par-dessus sa tête. Lui souriant par-dessus son épaule, elle se dirigea vers la porte de la chambre, roulant légèrement des hanches.

— Après qu'on aura mangé, on pourra ramener la bombe de crème fouettée ici et voir quelles cochonneries on pourrait inventer.

Riant du grondement qui sortit de la bouche de Cooper, Kiera quitta rapidement la pièce. Elle n'avait jamais été aussi heureuse de toute sa vie. Elle était sexuellement et émotionnellement satisfaite, et avait un ancien soldat d'élite magnifique dans son lit, qui serait bientôt à ses côtés dans la cuisine pour l'aider à leur préparer à dîner. C'était drôle de voir comment la vie avait tourné.

CHAPITRE NEUF

Le reste du week-end ressembla énormément à la nuit du vendredi. Beaucoup de rires, de bonne nourriture et de sexe. Beaucoup de sexe... Si quelqu'un avait dit à Kiera qu'un jour elle trouverait quelqu'un de dix ans son cadet et qui ne parviendrait pas à décoller ses mains et sa bouche d'elle, et qu'elle coucherait tellement qu'elle en serait endolorie... elle aurait éclaté de rire et trouvé cela fou.

Mais une fois le dimanche arrivé, Kiera était délicieusement endolorie. Cooper était... enthousiaste... chose qu'elle aimait et encourageait. Par conséquent, le lundi matin – il était resté durant tout le week-end et était toujours là quand son radio-réveil l'avait réveillée pour qu'elle parte au travail –, se rendant compte que le sexe serait désagréable pour elle, il lui avait fait un cunni et lui avait offert un orgasme matinal qui avait donné le ton pour le reste de la semaine.

Elle avait été repue et contente de savoir que son homme n'aimait pas seulement son corps, mais aimait aussi être avec elle.

À présent, alors que cela ne faisait même pas une semaine, ils étaient déjà tombés dans la routine. Après son réveil, il lui préparait son petit-déjeuner pendant qu'elle était sous la douche. Il partait en même temps qu'elle le matin, retournait chez lui pour prendre des vêtements de sport et allait ou bien retrouver Cutter, l'assistant administratif de Patrick, ou bien courir tout seul sur la plage. Il se présentait à l'école un peu avant le déjeuner et ils passaient vingt bonnes minutes ensemble pour manger avant qu'elle ne doive retourner en classe. Cooper allait alors passer du temps dans certaines des autres classes. Il faisait toujours une apparition dans la classe de Kiera avant de partir et la retrouvait à son appartement quand elle rentrait chez elle.

Ils préparaient le dîner ensemble, ce qui était terriblement amusant, regardaient la télévision pendant qu'elle notait des devoirs et s'assurait que ses leçons pour le lendemain étaient en ordre, puis ils allaient se coucher. La plupart du temps, il s'écoulait une ou deux heures avant qu'ils ne s'endorment, passant du temps à profiter mutuellement de leurs corps.

Kiera n'avait jamais connu d'homme tel que Cooper. Il était attentif, prévenant, sexy et plus que tout, il s'assurait qu'elle soit contente. Contente de ce qu'ils mangeaient pour le dîner, contente de ce qu'ils regardaient à la télévision, contente de la température, et bien sûr, contente de leur intimité.

Ce n'était pas une chose à laquelle elle était habituée, et elle se rendit compte très vite qu'elle aurait besoin de s'assurer qu'elle ne tirait pas avantage des attentions de Cooper et de son désir de lui faire plaisir. Il avait la tête dure et se montrait souvent autoritaire, mais elle aimait vraiment être avec lui.

Le voir à l'école était simplement un bonus. Peu de femmes avaient l'occasion de passer du temps avec leur compagnon en plein milieu de leur journée de travail.

— Comment s'est passée ta journée ? demanda Cooper en avalant une bouchée du sandwich qu'il avait apporté pour le déjeuner.

Il avait aussi emporté un petit bol de la soupe de pomme de terre qu'il leur restait du dîner de la veille.

— Bien. Je crois que Frankie a une amoureuse.

Cooper sourit d'un air canaille.

— Laisse-moi deviner... Jenny ?

— Oui. Il a visiblement fait attention à ton comportement, parce qu'aujourd'hui, avant la récréation du matin, il lui a tenu sa veste pour qu'elle puisse enfiler les bras. Il t'a vu souvent le faire pour moi.

— Et qu'a fait Jenny ?

— Elle a signé merci puis l'a embrassé sur la joue.

Le sourire de Cooper s'élargit.

— Hé, je ne vois rien de mal à leur enseigner tôt.

Kiera leva les yeux au ciel, mais elle ne put retenir un sourire.

— C'est vrai. Tu t'es bien amusé avec tes amis, ce matin ?

— Amusé n'est peut-être pas le mot idéal, lui dit Cooper. On s'est retrouvés avec Cutter pour faire des tests d'endurance sur la plage. Tex se déplace rapidement pour un homme qui n'a qu'une seule jambe.

— Laisse-moi deviner : tu as fait de ton mieux pour rester à sa hauteur.

— Il est rapide, mais pas assez, plaisanta Cooper.

Kiera pouffa.

— Vous aurez probablement besoin d'avoir tous

quatre sacs de glaçons ce soir. Vous autres soldats à la retraite vous prenez pour des superhéros, mais vous payez le prix d'être aussi machos.

Cooper se pencha vers elle et passa une main derrière son cou, la rapprochant de lui jusqu'à ce qu'ils se retrouvent nez à nez.

— Pour ton information, ma belle... nous *sommes* des superhéros.

Kiera rit et fronça les narines.

— Et tellement modestes, en plus !

Hilare, Cooper l'embrassa sur le nez et se cala contre le dossier de la chaise.

— J'admets que ça me lance un peu, mais j'espère que ce soir, je vais pouvoir me faire caresser le dos par ma copine.

— Je ne sais pas, dit Kiera en haussant un sourcil. Je parie qu'elle veut quelque chose en retour.

— Oh, je vais lui donner quelque chose, ne t'inquiète pas, répondit-il du tac au tac.

Kiera laissa échapper un bruit avec son nez avant d'avoir pu le retenir, et elle posa une main sur sa bouche, mortifiée.

Cooper se contenta de secouer la tête en la regardant.

— Mademoiselle gaffeuse.

— Tu ne voudrais pas que je change, lui répondit-elle.

S'attendant à une autre réponse spirituelle, elle fut surprise quand il ne sourit même pas.

— Tu as raison, je n'en aurais pas envie. Je t'adore, Kiera. Ne pense jamais que je tiens pour acquise, parce que ce n'est pas le cas.

— Je sais. Et c'est mutuel, lui dit-elle.

Ils s'observèrent un long moment avant que Kiera ne brise l'intensité du silence.

— Tu as fini ?

— Oui. Ça ne te fait rien si Tex et moi passons dans ta classe cet après-midi une fois qu'on aura fini de faire notre présentation aux classes supérieures ?

Kiera secoua la tête.

— Absolument pas. Les enfants vont adorer te voir.

Elle avait mentionné à son principal qu'un ami de Cooper serait en ville et elle avait suggéré que tous les deux puissent peut-être faire aux enfants plus âgés une courte présentation sur la marine, ce que cela signifiait d'être dans les forces spéciales, et à quel point c'était exigeant.

Il se redressa et roula son sac en papier en boule. Puis il alla le jeter rapidement et revint vers Kiera. Elle aimait qu'il soit beaucoup plus grand qu'elle, cela la faisait se sentir féminine, et la façon dont il lui prit la tête entre les mains ne fit qu'exacerber cette sensation.

— Et si on revenait juste avant la récréation ? Ça rentrerait dans ton plan de cours ?

— Je peux déplacer des trucs. Je l'intégrerai dans notre cercle de parole et on pourra faire la leçon de maths plus tard.

— D'accord. Si ce n'est pas un problème.

— Ça ne l'est pas, confirma-t-elle.

Cooper se pencha et l'embrassa doucement. Il l'avait embrassée de bien des façons la semaine passée. Rudement, doucement, passionnément, éperdument, sensuellement... mais elle aimait la façon dont il l'embrassait en public. Doucement et tendrement, avec un soupçon de langue, et assez de passion contenue pour lui faire comprendre qu'il aurait vraiment envie de la prendre sur-le-champ, mais qu'il se retenait.

Elle lui sourit.

— On se voit plus tard.

— Oui, on se voit plus tard, lui dit-il.

Il fit courir une main à travers ses cheveux, une douce caresse, avant de se tourner et de sortir dans le couloir qui longeait sa salle de classe.

Kiera se laissa retomber sur sa chaise et poussa

un soupir. Seigneur ! Cooper Nelson était mortel… et il était entièrement à elle.

Deux heures plus tard, Kiera signait ses applaudissements avec les autres enfants. Cooper et Tex avaient ébloui les petits. Elle avait interprété pour Tex, puisqu'il ne connaissait pas la langue des signes, et avait ri quand Cooper et les élèves l'avaient taquiné parce qu'il ne connaissait pas même les signes les plus simples. Elle avait apprécié qu'il joue le jeu. La fierté que ses élèves ressentaient à l'idée de connaître quelque chose qu'un puissant militaire ignorait se lisait sur leurs visages, dans leurs rires et leurs petites poitrines rebondies.

Elle dit aux enfants d'aller chercher leurs vestes et de se mettre en rangs pour la récréation, puis elle eut une conversation rapide avec Cooper et Tex :

— Vous avez été géniaux. J'apprécie que vous ayez exagéré votre manque de capacités de communication avec les enfants, Tex.

— Pas de problème, ma chère. Et je n'exagérais rien. En matière de langue des signes, ils en savent certainement plus que moi. Et depuis quand parles-tu couramment ? demanda-t-il en se tournant vers Cooper.

Celui-ci éclata de rire.

— Depuis que je suis venu ici tous les jours pendant deux mois. Et j'ai étudié à la maison. Et j'ai une application. Et Kiera m'aide à pratiquer, et...

— D'accord, d'accord, je comprends, dit Tex. Je suis impressionné.

— Moi aussi, pour être honnête, dit Cooper.

— Vous savez, ce Frankie me rappelle une petite fille que je connais. J'aimerais bien qu'ils se rencontrent un jour, dit Tex.

— Frankie aurait bien besoin d'avoir plus d'amis, dit Kiera. Elle habite dans le coin ?

Tex secoua la tête.

— Non. C'est la fille d'un soldat de la Delta Force que je connais et qui habite au Texas.

Kiera fronça les sourcils.

— Je ne sais pas si une amitié fonctionnerait avec une telle distance entre eux.

Tex afficha un sourire quelque peu secret.

— Vous ne connaissez pas Annie aussi bien que moi, dit-il d'un ton mystérieux.

Regardant sa montre, Kiera dit :

— Je dois y aller. C'est à mon tour de surveiller la récréation. Il faut que je sorte.

— Tu veux de la compagnie ? demanda Cooper.

— La tienne ? Absolument. Mais on ne va pas

pouvoir beaucoup parler. Je fais le tour de la cour, m'assurant que tout se passe bien avec les enfants.

— Pas de problème. Je ne me mettrai pas en travers de ta route. Je vais peut-être même avoir envie de jouer avec les gamins. Tex, tu es d'accord ?

— Ouais, on pourrait peut-être les faire jouer à la gamelle ou quelque chose comme ça.

— La gamelle ? demanda Kiera, incrédule. Ça n'est pas passé de mode dans les années 80 ?

Tex sembla un peu penaud.

— Hé, c'est amusant, ne critiquez pas.

Kiera pouffa.

— Bon… on se retrouve dehors.

Cooper, ne laissant jamais échapper une occasion de l'embrasser, se pencha et posa rapidement ses lèvres sur sa joue. Kiera le surprit à adresser un clin d'œil à Frankie en même temps. Elle se contenta de sourire. Elle ne se plaindrait jamais que Cooper l'embrasse, mais elle était contente que cela reste approprié.

Elle guida les enfants hors de la classe et le long du couloir, jusqu'à la porte de sortie. Une fois ouverte, ils se mirent tous à courir comme s'ils avaient les chiens de l'enfer à leurs trousses. Kiera sourit. Elle se rappelait avoir ressenti exactement la même chose quand elle était petite.

La cour de récré était entourée d'un grillage pour protéger les enfants. Il y avait quelques portails autour de la propriété, puisque l'intention n'était pas d'enfermer les élèves à l'intérieur, mais simplement de leur assurer un espace sûr pendant qu'ils jouaient. Les enfants sourds ne pouvaient pas entendre les klaxons où d'autres signes de danger imminent.

Kiera commença à faire le tour de la zone, souriant à un groupe d'enfants qui jouaient sur la terre battue, s'arrêtant pour pousser quelques élèves sur des balançoires, et prévenant des jeunes plus âgés d'être prudents tandis qu'ils se lançaient un ballon de basket.

Elle sourit à Tex et à Cooper. Ils avaient rassemblé un groupe d'enfants, tous âges confondus, et les avaient séparés en deux équipes. Elle ne savait pas à quoi ils jouaient, mais on aurait dit un mélange de ballon prisonnier, de football et de chat. Les règles qu'ils avaient inventées étaient un mystère pour elle, mais puisque tout le monde avait l'air de passer un bon moment, et puisqu'ils se dépensaient, cela ne comptait pas vraiment.

Elle aperçut un mouvement du coin de l'œil et elle détourna le regard de son petit ami super baraqué vers ce qui venait d'attirer son attention.

Elle regarda un long moment, sans comprendre ce qu'elle voyait.

Mais avant que son cerveau ne rattrape ses yeux, elle se mit en mouvement. Frankie était à l'autre bout de la cour et une femme qu'elle n'avait jamais vue se trouvait à l'intérieur de l'aire de jeu. De taille moyenne, elle était mince, et ses cheveux sombres et filandreux tombaient mollement autour de son visage. Elle serrait les dents et semblait en colère. Son jean était moulant, mais le T-shirt noir qu'elle portait était trop grand. Elle avait refermé la main autour du biceps de Frankie et le forçait à marcher vers le portail ouvert. Une vieille voiture bleue traversait lentement le parking, se dirigeant vers cette femme qui emportait Frankie.

Un enlèvement dans l'enceinte de l'école était le cauchemar de tous les enseignants. Bon sang, c'était le cauchemar de toute personne, peu importe l'endroit. Et si elle parvenait à l'arrêter, ou du moins à relever un numéro d'immatriculation, elle le ferait.

Kiera se précipita vers Frankie et la mystérieuse femme. Elle les rattrapa alors que celle-ci arrivait au portail.

— Hé, que faites-vous ? cria Kiera, sachant que c'était une question bête.

Ce que faisait cette femme était évident.

Elle ne répondit pas, mais poussa Frankie avant de se diriger vers la voiture. Kiera la suivit et fit le tour pour se placer devant elle. Elle lui redemanda :

— Qu'est-ce que vous faites ?

— Je suis ici pour emmener mon fils chez le dentiste.

Kiera cligna des paupières.

— Quoi ? lâcha-t-elle.

— Frankie est mon fils. Il vient avec moi, dit cette femme d'un ton légèrement plus belliqueux cette fois.

— C'est ta mère ? signa Kiera à Frankie.

L'enfant hocha la tête au lieu de lui répondre d'un signe.

D'accord... mais toutes les choses que le père de Frankie avait dites sur son ex passèrent à l'esprit de Keira. Elle était toxicomane. Les tribunaux lui avaient refusé la garde de Frankie. Elle avait essayé de récupérer son fils, mais son père s'était interposé. Cela ne présageait rien de bon.

Kiera jeta un regard en arrière vers la cour où elle avait vu Cooper pour la dernière fois. Il s'y trouvait encore, sans avoir conscience de ce qui se déroulait à l'autre bout de la cour. Elle vit quelques enfants qui se tenaient de l'autre côté de la clôture et la regardaient d'un air confus. Ils savaient de toute évidence qu'il était interdit de quitter l'école en passant par la clôture. Le personnel de l'école le leur répétait continuellement. Tous les visiteurs devaient venir à l'école à travers l'entrée principale et s'inscrire. Ils devaient repartir par le même endroit.

La femme contourna Frankie avec Kiera et repartit vers la voiture.

Ayant soudain pris une décision, Kiera adressa un signe rapide aux enfants qui les regardaient depuis la cour. Elle aurait voulu appeler Cooper et Tex, mais elle ne voulait pas faire quoi que ce soit qui empire la situation dangereuse dans laquelle elle sentait instinctivement que Frankie se trouvait. Sans attendre de voir ce qu'ils allaient faire, elle courut pour rattraper Frankie et cette femme étonnamment rapide.

Personne n'avait le droit de venir chercher un enfant à l'école si on n'était pas une personne approuvée. On était censé passer au bureau d'accueil pour signer un document qui attestait qu'on retirait l'enfant... après que la secrétaire se fut assurée que c'était permis. Et la mère de Frankie n'avait vraiment pas le droit de venir le chercher. Même pas en rêve.

Elle saisit l'épaule de Frankie et essaya de détacher la prise que maintenait sa mère sur son biceps, mais l'autre femme s'accrocha, serrant plus fort encore le bras de son fils, avant de donner un coup de poing à Kiera de sa main libre.

Celle-ci lâcha Frankie pour se protéger, et elle sentit un souffle d'air près de son visage quand le poing de sa mère la rata de peu. Le temps qu'elle se remette en route vers le duo, la mère avait déjà ouvert la portière arrière pour pousser son fils à l'intérieur.

Ignorant ce qu'elle pouvait faire d'autre, Kiera fit le tour du véhicule en courant et poussa un soupir de soulagement quand elle découvrit l'autre portière ouverte. Elle se glissa à l'intérieur et claqua la porte derrière elle.

Qu'est-ce que je suis en train de faire ? C'est fou. Je devrais laisser ça aux policiers. Mais je ne peux pas la laisser prendre Frankie. Impossible !

Elle poussa un soupir de soulagement quand l'homme qui conduisait ne repartit pas immédiatement. Si elle avait appelé Cooper et son ami, il l'aurait probablement fait. Par conséquent, il faudrait un peu de temps pour que les renforts arrivent, mais elle tenterait de faire parler les adultes le plus possible pour donner le temps à Cooper de venir à leur rescousse.

— Sortez ! gronda la femme.

Elle se cala sur le dossier et croisa les bras.

— Non.

— Qu'est-ce qu'il se passe ? jura l'homme assis à la place conducteur. Tu ne m'avais pas dit qu'une autre femme viendrait avec nous, Twila.

— C'est parce qu'elle ne vient pas. Sortez de là, lui ordonna à nouveau Twila.

— Non, répéta Kiera. Vous avez besoin de moi pour interpréter pour Frankie.

C'était stupide, mais c'est la première chose qui lui était passée par la tête.

— C'est mon fils. Je n'ai pas besoin de vous pour lui parler.

— Vous connaissez la langue des signes ? demanda Kiera, connaissant déjà la réponse d'après ce que lui avait dit le père de Frankie.

— Non. Mais mon fils ne parlera pas avec les mains comme une fiotte. Il va falloir qu'il apprenne à lire sur les lèvres et dise ce qu'il veut.

— Il faut qu'on parte d'ici, gronda l'homme.

— Alors, mets les gaz, lui dit Twila en plissant les paupières.

— Je ne vais pas kidnapper une putain de femme !

— Mais un enfant, si ? demanda Kiera, sachant

qu'elle aurait dû la fermer, mais tellement atterrée par la bêtise de l'homme que c'était sorti tout seul.

— Je ne kidnappe personne, puisque c'est son putain de gamin.

Kiera était soulagée que Frankie ne puisse pas les entendre. Cet homme avait apparemment une prédilection pour le mot « putain », et ce n'était pas quelque chose que le gamin avait besoin d'imiter. Elle tendit alors le bras droit et saisit Frankie, le soutenant moralement tandis qu'elle continuait à gagner du temps.

— Euh, le tribunal ne sera pas d'accord, lui dit Kiera. Et Frankie n'est pas *votre* enfant, alors c'est assurément un enlèvement puisque c'est vous qui conduisez.

— Conduis lentement, on l'éjectera quand on se retrouvera sur la route principale, dit Twila.

La main de Kiera se serra sur celle de Frankie. Elle ne quitterait pas cette voiture sans lui. Pas question. Elle signa le mot « enfuis-toi » de la main gauche, espérant que Frankie le voie tandis qu'elle continuait à parler à la mère de l'enfant et au malfrat qui conduisait.

— Écoutez, ce que vous croyez faire avec Frankie ne marchera pas, il...

— Ce que je vais faire est m'assurer qu'il

apprenne à parler, au lieu de grogner et d'utiliser ses mains pour essayer de parler. Puis il va apprendre à lire sur les lèvres. C'est bien plus masculin que d'utiliser ses mains.

— Lire sur les lèvres est extrêmement difficile, dit Kiera à Twila. Ça peut prendre des années pour y arriver. Frankie doit d'abord apprendre à lire, et puisqu'il n'entend pas, il a besoin d'associer les mots écrits à quelque chose. Ce n'est pas aussi facile que ça en a l'air.

Elle s'était souvent disputée avec des parents au fil des années, mais pour le moment, elle ne se préoccupait pas vraiment de savoir si Twila la croyait ou non ; elle avait juste besoin de gagner du temps.

Elle nota qu'ils avançaient très lentement vers la sortie de l'école. Elle aurait préféré qu'ils restent stationnaires pendant qu'ils parlaient, mais elle misait sur la durée. *Allez, Cooper. J'ai besoin de toi.*

— Cela dit, pourquoi ne pas la garder ? demanda le sale type. On doit de l'argent à Bug. Il la prendra peut-être. Une chatte de qualité qui n'a pas été baisée par tous les hommes du coin l'intéressera peut-être.

Kiera inspira profondément.

— Vous envisagez sérieusement de m'échanger contre des drogues, moi, un être humain ?

— Non, dit immédiatement Twila.

Kiera se détendit alors légèrement. Mais ce que la femme dit alors lui tira un petit cri choqué.

— Il envisage de vous donner au leader d'un gang pour qu'il puisse vous prostituer en échange de drogue.

Twila tourna les yeux vers l'homme.

— Je crois qu'elle nous causera probablement trop de problèmes.

— C'est vrai ? demanda-t-il à Kiera qu'il regarda dans les yeux dans le rétroviseur. Vous allez nous causer des problèmes ?

CHAPITRE DIX

Cooper rit quand Tex évita de justesse un petit ballon en plastique. Il n'avait aucune idée de ce qu'ils faisaient, mais les enfants s'amusaient bien à courir après les ballons tandis que lui et Tex essayaient de les empêcher de les prendre. Il n'y avait aucune règle officielle, mais ne pas se laisser toucher par une balle était apparemment de mise. Ils essayaient aussi d'empêcher les enfants de traverser le terrain de bout en bout. C'était une sorte de mélange entre le football et la balle aux prisonniers.

Toute son attention était braquée sur les quatre ballons qu'ils shootaient et se passaient dans la petite zone, et pas sur ce qu'il se passait autour de lui, mais quand il entendit des grognements urgents, il leva brusquement la tête et parcourut la zone du regard.

Il y avait quatre enfants qui couraient de façon désordonnée vers leur groupe qui jouait au ballon. Ils vocalisaient tous leur urgence. Ils ne criaient pas et ne parlaient pas, mais les sons qui sortaient de leurs bouches reflétaient la panique pure.

— Qu'est-ce qu'il y a ? demanda Tex en venant se placer près de lui.

Cooper le remarqua à peine ; son attention était braquée sur les mains des enfants.

— Ils sont sortis par le portail.

— La prof a dit d'aller chercher de l'aide.

— La prof a signé « kidnapping ».

— Ils sont montés dans une voiture.

— À l'aide !

Les signes étaient répétés encore et encore, si frénétiques que Cooper eut du mal à les comprendre. Mais dès qu'il comprit ce qui était en train de se passer, il balaya la cour du regard à la recherche de Kiera. La dernière fois qu'il l'avait vue, elle marchait de l'autre côté du terrain, près de la clôture.

— De quelle couleur était la voiture ? signa Cooper dès qu'il saisit ce que lui disaient les enfants.

— Que se passe-t-il ? demanda Tex avec urgence.

Sans retirer les yeux des enfants qui lui donnaient des informations, il expliqua :

— Ils disent qu'une prof et un enfant ont été kidnappés. Ils sont montés dans une voiture bleue garée près du portail.

— Merde, jura Tex.

Les deux hommes bondirent avant d'en apprendre davantage. Cooper courut à reculons et signa rapidement aux enfants :

— Faites rentrer tout le monde à l'intérieur. Trouvez un professeur et appelez la police.

Dès qu'il vit que les enfants l'avaient compris, il se tourna et piqua un sprint vers l'endroit où les enfants avaient dit avoir vu la voiture pour la dernière fois.

Il ne pouvait pas courir plus vite qu'un véhicule, mais il devait essayer de le rattraper suffisamment pour pouvoir déchiffrer la plaque d'immatriculation. Il savait que c'était Kiera dans la voiture. D'abord, elle était la seule instit dans la cour, et ensuite, si quelqu'un avait essayé d'enlever un des enfants, il savait sans l'ombre d'un doute qu'elle ne laisserait pas cela arriver sans réagir.

— Vas-y, dit Tex qui se laissait dépasser. Ma jambe m'empêche d'être aussi rapide que toi. Mais je suis juste derrière.

Cooper ne prit pas le temps de répondre. Il mit le turbo. Il sauta par-dessus la clôture qui faisait à peine un mètre comme s'il était champion olympique de saut de haies, et n'arriva pas à en croire ses yeux quand il vit une vieille Mustang bleue qui se dirigeait vers la sortie à une vitesse d'escargot.

Que faisait le conducteur ? S'ils venaient juste d'enlever un enfant, ainsi que Kiera, ils auraient dû s'échapper à toute vitesse.

Tout en lui se concentra sur la voiture. Elle était toujours là. Il n'était pas trop tard. S'ils sortaient du parking, ils seraient presque impossibles à retrouver... du moins rapidement. Et donner à un ravisseur le temps de faire du mal à Kiera n'était pas une chose qu'il était disposé à faire. Ses muscles répondirent sans que son cerveau le leur ordonne, et son entraînement d'élite prit le dessus.

Voyant dans quelle direction la voiture se dirigeait, il traversa le parking en diagonale sans la quitter des yeux. Il discernait deux personnes à l'avant et deux sur la banquette arrière, dont un enfant. Il voyait que c'était Kiera dans la voiture, même s'il n'apercevait que l'arrière de sa tête. Il l'aurait reconnue n'importe où.

Il ressentit une montée d'adrénaline. Pas question de laisser qui que ce soit lui prendre la meilleure chose qu'il lui était jamais arrivée.

Passant ses options en revue, Cooper fourra sa main dans sa poche. Bingo ! Avoir son porte-clés et l'outil accroché dessus lui permettrait de pénétrer facilement dans le véhicule des ravisseurs, mais tout le reste était un coup de dés. Il savait que Tex le soutiendrait dès qu'il l'aurait rattrapé. Il ignorait comment Kiera allait réagir, mais il devait se dire qu'elle ferait tout ce qui serait en son pouvoir afin de protéger l'enfant. Lui-même s'occuperait des deux connards assis à l'avant.

Le temps ralentit alors qu'il s'approchait de la voiture en cavale du côté conducteur. Cooper vit alors que c'était Frankie qui était assis sur la banquette arrière en compagnie de Kiera. Il serra les dents.

Non. Certainement pas. Personne n'allait faire du mal à ce petit garçon. Pas s'il avait son mot à dire.

Il serra plus fort les clés et estima les possibilités à sa portée. Il devait agir au moment exact. Trop tôt, et il perdrait l'élément de surprise et le conducteur parviendrait probablement à s'enfuir. Trop tard, et la voiture s'engagerait sur l'avenue et disparaîtrait. Non, il devait gérer parfaitement son temps.

* * *

Kiera n'arrivait pas à croire que la mère de Frankie et le malfrat soit en train de discuter de la vendre à un homme qui la prostituerait. C'était incroyable, ridicule… et terrifiant.

— Est-ce que je vais vous causer des problèmes ? demanda-t-elle, répétant la question. Oui, vous pouvez y compter. Écoutez, Twila, vous n'avez encore rien fait. Vous n'avez même pas encore quitté l'enceinte de l'école. Arrêtez la voiture et laissez Frankie sortir. On ne dira rien.

— Vous voulez que j'avale ça ? demanda-t-elle.

— Vous devriez. Je n'ai pas envie d'être vendue à des gens qui veulent coucher avec moi et je crois que votre fils aimerait vraiment avoir une relation avec vous qui ne lui impose pas de craindre pour sa vie. Mais vous n'aurez jamais ça si vous ne nous laissez pas partir tout de suite.

— Abandonnons-la ici, dit l'homme, elle parle trop.

— Je trouve aussi, dit Twila qui se tourna sur son siège et désigna Kiera du doigt. Sortez de là.

— Non, dit Kiera. Je ne partirai pas sans Frankie.

Twila tripota quelque chose sur ses genoux, et

soudain, Kiera se retrouva nez à nez avec le canon d'un revolver.

— Je vous ai dit de sortir de là.

Kiera n'avait jamais tenu un revolver de toute sa vie, et s'était encore moins fait braquer.

— Non, balbutia-t-elle. Vous ne voulez pas me descendre devant votre fils.

— Et pourquoi pas ? demanda Twila sans se laisser démonter. Ça l'endurcira un peu.

Kiera émit un son méprisant.

— Vous pensez que voir son instit adorée se faire tirer dessus devant lui va en faire davantage un homme ? Il développera probablement des psychoses et finira par vous tuer quand il aura 20 ans pour avoir fait de sa vie un enfer.

— Vous êtes un peu dramatique, lui fit remarquer Twila.

— Et vous êtes un peu folle.

Les deux femmes se fusillèrent du regard. Kiera entendit Frankie émettre des sons gutturaux angoissés, mais elle refusait de détourner le regard du pistolet. Même s'il ne lui restait que quelques secondes sur cette terre, elle refusait d'être lâche.

Après cela, tout sembla aller au ralenti.

Le son de la vitre qui explosa remplit l'espace réduit de l'habitacle et Kiera eut un moment de recul, pensant pendant un moment que Twila avait appuyé sur la détente.

Le conducteur jura et appuya sur le frein. Puisqu'aucun d'eux ne portait une ceinture de sécurité, ils furent tous précipités en avant. Kiera vit un bras passer à travers la vitre brisée côté conducteur et attirer l'homme hors du petit habitacle. Mais avant qu'elle ne puisse bouger, Twila s'était remise et tendait les bras vers la banquette arrière et vers Frankie.

Kiera agit sans réfléchir. Elle se jeta devant le petit garçon et attrapa la poignée de sa portière. Quand elle s'ouvrit, elle poussa Frankie de toutes ses forces. Il fut projeté sur le côté et elle vit ses petits pieds battre l'air avant d'atterrir sur le dos et les fesses sur le sol à l'extérieur du véhicule.

Elle espérait qu'il ferait comme elle le lui avait dit plus tôt et qu'il prendrait la fuite, mais elle n'avait pas le temps de s'inquiéter pour lui. Twila était en colère. Et elle se comportait comme une possédée. Elle se mit à frapper et griffer le moindre centimètre de peau qu'elle trouva. Kiera tourna la tête pour se protéger les yeux et fit de son mieux pour empêcher Twila de lui faire du mal.

Incapable de voir ce qui arrivait au conducteur et n'entendant que des grognements et le bruit des poings qui s'abattaient sur sa peau nue, Kiera se mit à genoux et commença à se défendre. Le siège entre elles ne lui facilitait pas la tâche, mais la perspective que Twila la domine et remette les mains sur Frankie suffit à lui donner une bouffée d'adrénaline.

Après un coup de poing particulièrement fort sur le côté de la tête, Kiera décida de lui rendre la pareille. Elle serra le poing et décocha une bonne droite à Twila. Quand elle entra en collision avec le visage de la femme, ce fut douloureux, mais elle le refit, encore et encore. À chaque coup, Twila poussait un grognement, mais elle reprenait ses attaques contre Kiera.

Celle-ci avait mal. Sa main la faisait souffrir à cause du coup porté à l'autre femme. Son visage et sa tête étaient endoloris là où Twila avait réussi à l'atteindre, et elle se fatiguait. Elle aimait que Cooper s'entraîne, mais ce n'était personnellement pas son activité favorite.

Alors qu'elle venait de prendre la décision de battre en retraite, de sortir de la voiture et de se tirer, comme elle aurait dû le faire à la seconde où elle avait poussé Frankie hors du véhicule, la portière avant près de Twila s'ouvrit et un bras musclé pénétra dans l'habitacle.

Twila fut tirée à l'extérieur et loin de Kiera, et

elle regarda avec soulagement Tex maîtriser l'autre femme sans problème. Il avait passé un bras autour de sa poitrine et l'autre autour de son cou. Et elle avait beau se contorsionner, pousser des cris et se débattre, elle n'était pas près de s'échapper.

— Ça va ? demanda Tex.

Se souvenant enfin de Frankie, Kiera ne lui répondit pas, mais fila vers la porte ouverte et se redressa rapidement.

— Frankie ! s'écria-t-elle frénétiquement.

— Il va bien, lui dit Tex. Il a filé vers l'école en courant. Il a bien fait.

Kiera poussa un soupir de soulagement.

— Kiera, dit une voix à côté d'elle.

Tournant sur elle-même et grimaçant sous le coup de la douleur, elle vit Cooper qui se tenait près d'elle. Elle n'avait jamais rien vu de plus rassurant de toute sa vie. Elle se jeta sur lui et poussa un soupir de soulagement en sentant ses bras se refermer autour d'elle. Puis elle posa la joue sur sa poitrine et serra le dos de son T-shirt.

— Allons... je suis là, murmura Cooper. Ça va aller.

Kiera tremblait si fort qu'elle savait qu'elle n'aurait pas été capable de rester debout si Cooper ne l'avait pas soutenue.

— J'entends des sirènes, annonça Tex.

Kiera ne leva même pas la tête. Les sirènes devaient signifier la police, espérait-elle.

— Où est le conducteur ? marmonna-t-elle.

— Inconscient, lui répondit Tex.

Kiera leva la tête – elle avait l'impression qu'elle pesait une tonne – et regarda Cooper. Une coulée de sang sortait de son oreille gauche. Elle posa une main sur son visage et le poussa légèrement. Il se laissa faire et elle vit qu'il ne portait plus sa prothèse auditive. Inspirant profondément, elle leva l'autre main entre eux et signa :

— Ça va ? Tu saignes.

— Toi aussi, dit Cooper à voix haute.

Il fit descendre son index sur sa joue et elle grimaça.

— Il faut que tu voies un médecin pour ton oreille. Elle saigne, insista Kiera.

Même si c'était difficile d'insister en signant.

— Il a eu un coup de chance. Quand je l'ai tiré hors de la voiture, il m'a frappé sur le côté de la tête. Ma prothèse auditive a absorbé la majeure partie du choc. Mais c'est bon, ma belle.

— Tu en es certaine ?

— D'accord.

Kiera le prit au mot. Elle aurait voulu savoir

comment il avait fait pour rentrer dans la voiture aussi facilement, mais cela devrait attendre. Elle lui était profondément reconnaissante d'être arrivé au bon moment. Elle avait espéré pouvoir gagner assez de temps pour que les élèves qu'elle avait alertés par signes puissent aller chercher de l'aide, mais elle n'avait pas été positive. Ils étaient tellement près de l'avenue. Twila avait failli réussir. Ils avaient échappé de peu au désastre.

Mais son soldat d'élite l'avait protégée. Il était arrivé à temps. Tout le reste pouvait attendre.

CHAPITRE ONZE

— Frankie, c'est à ton tour de parler, lui dit gentiment Kiera. Il y a quelque chose dont tu voudrais nous faire part ?

Cela faisait une semaine que la mère de Frankie avait essayé de l'enlever, et ce jour-là était la première fois qu'il revenait à l'école. Kiera aussi avait pris quelques jours de congé, mais même si elle arborait toujours sur le visage des bleus et les griffures profondes causées par les ongles de Twila, elle refusait de rester à la maison.

Elle voulait être avec ses enfants. Pas seulement ceux dans sa classe, mais tous les autres aussi. Ceux qui étaient allés chercher de l'aide, qui l'avaient serrée dans leurs bras dans les couloirs, et même les élèves qu'elle ne connaissait pas, mais qui prenaient la peine de l'arrêter pour lui dire qu'ils étaient contents qu'elle aille bien.

Elle n'avait pas eu l'intention de jouer les héroïnes, mais quand elle avait vu Frankie se faire enlever, elle avait pris la décision en un clin d'œil de faire tout ce qui était en son pouvoir pour empêcher le kidnapping. C'était non seulement son obligation en tant qu'instit dans cette école, mais en plus, c'était de Frankie qu'il s'agissait. Elle aimait tous les enfants dans sa classe, mais il était spécial.

Il avait repris quelques traits de la personne qu'il était quand il était entré dans cette école spécialisée. Mais Kiera savait qu'il rebondirait rapidement.

Sans lever la tête, Frankie signa lentement.

— J'ai eu peur quand maman est venue me chercher, mais soudain, mademoiselle Kiera était avec moi. Elle ne m'a pas laissé me faire enlever.

Il leva alors la tête.

— Je vous aime.

Les yeux de Kiera se remplirent de larmes et elle sourit au petit garçon.

— Viens ici, signa-t-elle.

Il se redressa et vint la rejoindre. Kiera le fit asseoir sur ses genoux, passa un bras autour de lui, et signa, à lui et au reste de la classe :

— Je vous aime tous. Vous êtes spéciaux pour moi. Je ferai toujours tout ce que je peux pour veiller sur votre sécurité.

Frankie se tourna dans ses bras et passa un doigt sur la pire griffure qui barrait son visage. Elle avait une croûte et une ecchymose, mais elle ne sentit même pas sa caresse légère.

— Vous avez été blessée.

— Toi aussi, dit Kiera en lui touchant doucement le haut du bras où elle savait qu'il gardait des bleus là où sa mère l'avait serré fort.

Soudain, il sourit. Un sourire tellement large qu'elle en resta momentanément aveuglée.

— On s'est servis de notre langage secret.

Kiera lui rendit son sourire.

— Absolument.

— J'aime ça.

— Tu aimes signer ?

Il hocha la tête.

— Je peux parler aux gens sans que les autres comprennent ce que je dis. Comme vous l'avez fait quand vous m'avez dit de m'enfuir. Comme Cooper et ses amis le font.

Kiera aurait voulu rire et se réjouir de la résilience des enfants, mais elle avait d'abord besoin de leur adresser une mise en garde.

— Ce n'est pas gentil de parler des gens quand ils ne comprennent pas. Tu n'aimes pas quand les gens parlent devant toi et que tu ne peux pas entendre ce qu'ils disent, n'est-ce pas ?

Frankie secoua la tête.

— C'est un peu pareil, mon grand. Ne sois pas méchant et ne te moque pas des gens ou ne parle pas d'eux exprès quand ils ne peuvent pas comprendre.

— Mais si on en a besoin, comme lorsque ma mère m'a kidnappé, c'est bon ?

— Oui, en cas d'urgence, c'est bon.

— D'accord, signa-t-il avant de descendre de ses genoux.

— Quelqu'un veut-il dire autre chose avant la récré ?

Comme si elle venait de dire le mot magique, tous les enfants se redressèrent d'un bond et coururent vers leurs casiers.

Kiera éclata de rire, ayant anticipé leur réaction. De façon remarquable, même si Frankie avait été enlevé dans la cour, les autres enfants ne paraissaient pas ressentir d'aversion ou d'hésitation à l'idée de sortir. Pour les adultes, toutefois, c'était différent.

Le principal s'était assuré que tous les portails soient verrouillés dès le lendemain et prévoyait de renforcer la sécurité. Cela avait été un choc pour cette école qui n'avait jamais connu la moindre violence, mais le danger était toujours une menace qui devait être contrecarrée autant que faire se peut. Il s'était excusé auprès de Kiera d'avoir été réactif au lieu d'être proactif, mais elle lui avait dit qu'il n'avait pas à se sentir désolé de quoi que ce soit. Personne n'aurait pu prévoir que la mère de Frankie allait commettre un tel acte.

Kiera sentit un bras se refermer autour de sa taille alors qu'elle se tenait à la fenêtre à regarder les enfants courir dehors. Frankie et les autres se sentaient peut-être à leur aise dans la cour, mais elle-même avait plus de mal.

— Bon après-midi, ma chérie ! dit Cooper à son oreille.

Kiera se détendit contre lui.

— Salut, comment s'est passé ton entretien avec Patrick ?

Elle se tourna dans ses bras et posa les mains sur sa poitrine.

— Super bien. Il a écouté toute ma présentation, et ça a duré vingt minutes, sans dire un mot. Je suais à mort, je pensais qu'il essayait juste de me faire plaisir et s'apprêtait à me dire que je n'étais pas qualifié, ou que ce n'était pas une bonne idée.

— Et ? demanda Kiera quand il s'interrompit. Qu'est-ce qu'il a dit ?

— Il a dit que j'avais obtenu le boulot à l'instant où j'avais ouvert la bouche. Ce bâtard m'a fait faire ma présentation tout entière pour rien.

Kiera sourit à Cooper.

— Je suis fière de toi.

— Merci. Mais ne sois pas déjà fière. Je n'ai même pas encore commencé.

Elle secoua la tête.

— Tu as vraiment fait du chemin, Cooper. Tu m'as dit toi-même que tu ne savais absolument pas ce que tu allais faire à présent que tu étais à la retraite. Et maintenant, tu apprends la langue des signes – très vite, d'ailleurs – et tu as créé ton propre emploi en tant que conseiller auprès des forces spéciales pour la leur apprendre. C'est génial.

Il haussa les épaules.

— Plus j'y pense, plus je me rends compte que c'est important que les soldats comprennent tous les mêmes signaux. J'ai vu Woolf et son équipe communiquer par signes et je ne comprenais pas ce qu'ils se disaient. Pareil pour Tex. Quand on a joué avec les enfants ce jour-là, j'essayais de lui signaler d'aller d'un côté, et il ne savait absolument pas ce que j'essayais de lui dire. Je sais que la plupart des équipes restent ensemble pendant longtemps ; mais ce n'est pas toujours le cas. Ce serait bien plus facile si les signes qu'on utilisait tous étaient les mêmes. Particulièrement si on a besoin de renfort sur le terrain.

— Je t'aime, lui dit-elle.

— Je t'aime aussi, répondit-il. Et j'ai un cadeau pour toi.

Il détacha une main de sa taille et l'enfonça dans une de ses poches.

— Tends la main.

Elle s'exécuta et lorsqu'il plaçait un petit objet en plastique dans sa paume, Kiera le regarda sans comprendre.

— Euh... merci... qu'est-ce que c'est ?

— C'est un brise-vitre.

Elle hocha la tête, compréhensive.

— Comme celui que tu as utilisé ?

— Oui. Il va parfaitement sur un porte-clés. On ne sait pas quand avoir un petit outil pour casser facilement une vitre de voiture peut s'avérer utile.

— Dieu merci, tu avais le tien dans ta poche

quand tu es venu nous sauver, songea Kiera, regardant toujours l'objet posé dans sa paume qui lui avait sauvé la vie. Ce n'est pas comme s'il aurait ouvert la portière pour te laisser rentrer.

Il en avait eu conscience.

Cooper ne dit rien, mais reposa la main sur ses reins et la pressa contre lui.

— Emménage avec moi.

Kiera leva brusquement la tête vers lui.

— Quoi ?

— Emménage avec moi, répéta-t-il. On vit ensemble depuis une semaine environ et on se voit depuis deux mois.

— Tu me le proposes à cause de ce qui s'est passé ? demanda-t-elle doucement. Parce que ça ne risque plus jamais d'arriver.

— Oui et non, lui répondit-il. Quand je me suis rendu compte que c'était toi à l'arrière de cette voiture, je te jure que j'ai vu ma vie défiler devant mes yeux comme ça ne m'était jamais arrivé avant. Je me suis retrouvé dans de sales situations par le passé, mais rien ne m'avait préparé à devoir affronter la réalité de ma vie sans toi. Je ne suis pas un idiot ; je sais qu'un de nous pourrait être tué dans un accident de voiture demain. On peut tomber malades, un terroriste fou peut faire exploser l'avion dans lequel on se trouve, et on peut mourir de cent façons différentes. Mais j'ai envie de passer autant de temps avec toi que possible. J'ai envie d'entendre ton rire avant de m'endormir tous les matins et de voir tes jolis yeux dès le réveil. Je pense que la semaine dernière, tu as largement prouvé que tu savais prendre soin de toi. Je ne m'imagine pas passer le reste de ma vie sans toi, et je veux que le reste de ma vie commence dès que possible.

— Oui, dit Kiera dès qu'il eut fini de parler.

— Oui ?

— Oui, répéta-t-elle. Je vais emménager avec toi. Je t'aime. J'ai aimé être avec toi toutes les nuits et tous les matins de la semaine dernière. J'en ai besoin.

Ils se sourirent pendant un long moment avant que Cooper ne dise :

— Je vais te demander de m'épouser, tu sais.

— C'est bien. Et je vais dire oui.

— Tex a dit qu'il veut qu'on aille en Virginie pour lui rendre visite à lui et à Melody. Et il promet que ce sera plus cool que ses vacances ici l'ont été.

Kiera éclata de rire. Elle aimait bien Tex. Non seulement il avait participé à son sauvetage, mais il était aussi drôle et avait les pieds sur terre. Et avec les histoires qu'il racontait sur sa femme, elle avait la sensation qu'elle allait l'apprécier aussi.

— Je suis sûre qu'on peut prendre quelques jours de vacances. Ce n'est pas comme si le principal pouvait me le refuser, dit-elle avec un sourire.

— Je t'aime, Kiera Hamilton. Tu m'as fait tellement peur la semaine dernière !

— Je crois qu'eux aussi ont eu peur de moi, admit-elle. Merci d'être venu à ma rescousse. Au cas où je ne te l'aurais pas déjà dit.

— Seulement dix-huit fois, la taquina Cooper.

Ils entendirent des enfants entrer dans le couloir, de retour de la récréation.

— On dirait que la récré est finie, dit machinalement Kiera. On se retrouve à la maison ?

— À la maison... Ça me plaît, dit Cooper. Oui, on se retrouve à la maison.

Il l'embrassa rapidement avant que les enfants ne rentrent dans la pièce, puis il s'écarta d'elle. Il salua tous les enfants et se dirigea vers la sortie. Kiera le regarda se tourner dans l'encadrement de la porte. Il lui signa « je t'aime », puis il se tourna vers Frankie et lui adressa un léger salut du menton.

Le petit garçon lui rendit ce geste, arborant un large sourire.

Kiera sourit, sachant que Frankie irait bien. Et

elle aussi. Les bleus s'estomperaient, ainsi que les souvenirs de la semaine précédente, mais son amour pour l'ancien soldat d'élite à la fois doux et puissant qui – par une sorte de miracle – l'aimait aussi, durerait une vie tout entière.

Ne manquez pas le dernier volume de la série Very Special Forces : *Un Protecteur Pour Dakota*

DU MÊME AUTEUR

Autres livres de Susan Stoker

Forces Très Spéciales Series

Un Protecteur Pour Caroline

Un Protecteur Pour Alabama

Un Protecteur Pour Fiona

Un Mari Pour Caroline

Un Protecteur Pour Summer

Un Protecteur Pour Cheyenne

Un Protecteur Pour Jessyka

Un Protecteur Pour Julie

Un Protecteur Pour Melody

Un Protecteur pour l'avenir

Un Protecteur Pour Les Enfants de Alabama

Un Protecteur Pour Kiera

Un Protecteur Pour Dakota

Forces Très Spéciales : L'Héritage

Un Sanctuaire pour Caite

Un Sanctuaire pour Brenae

Un Sanctuaire pour Sidney

Un Sanctuaire pour Piper

Un Sanctuaire pour Zoey

Un Sanctuaire pour Avery

Un Sanctuaire pour Kalee

Hawaï : Soldats d'élite

Un paradis pour Élodie (Apr 2021)

Un paradis pour Lexie (Aug 2021)

Un paradis pour Kenna (Oct 2021)

Un paradis pour Monica

Un paradis pour Carly

Un paradis pour Ashlyn

Un paradis pour Jodelle

Delta Force Heroes Series

Un héros pour Rayne

Un héros pour Emily

Un héros pour Harley

Un mari pour Emily

Un héros pour Kassie

Un héros pour Bryn

Un héros pour Casey

Un héros pour Wendy

Un héros pour Mary

Un héros pour Macie

Un héros pour Sadie

Mercenaires Rebelles

Un Défenseur pour Allye

Un Défenseur pour Chloé

Un Défenseur pour Morgan

Un Défenseur pour Harlow

Un Défenseur pour Everly

Un Défenseur pour Zara

Un Défenseur pour Raven

Ace Sécurité

Au Secours de Grace

Au Secours d'Alexis

Au Secours de Bailey

Au Secours de Felicity

Au Secours de Sarah

En Anglai

Delta Force Heroes Series

Rescuing Rayne

Rescuing Emily

Rescuing Harley

Marrying Emily (novella)

Rescuing Kassie

Rescuing Bryn

Rescuing Casey

Rescuing Sadie (novella)

Rescuing Wendy

Rescuing Mary

Rescuing Macie (novella)

Delta Team Two Series

Shielding Gillian

Shielding Kinley

Shielding Aspen

Shielding Jayme

Shielding Riley

Shielding Devyn (May 2021)

Shielding Ember (Sep 2021)

Shielding Sierra (Jan 2022)

SEAL of Protection: Legacy Series

Securing Caite

Securing Brenae (novella)

Securing Sidney

Securing Piper

Securing Zoey

Securing Avery

Securing Kalee

Securing Jane (Feb 2021)

SEAL Team Hawaii Series

Finding Elodie (Apr 2021)

Finding Lexie (Aug 2021)

Finding Kenna (Oct 2021)

Finding Monica (TBA)

Finding Carly (TBA)

Finding Ashlyn (TBA)

Finding Jodelle (TBA)

Ace Security Series

Claiming Grace

Claiming Alexis

Claiming Bailey

Claiming Felicity

Claiming Sarah

Mountain Mercenaries Series

Defending Allye

Defending Chloe

Defending Morgan

Defending Harlow

Defending Everly

Defending Zara

Defending Raven

Silverstone Series

Trusting Skylar

Trusting Taylor (Mar 2021)

Trusting Molly (July 2021)

Trusting Cassidy (Dec 2021)

SEAL of Protection Series

Protecting Caroline

Protecting Alabama

Protecting Fiona

Marrying Caroline (novella)

Protecting Summer

Protecting Cheyenne

Protecting Jessyka

Protecting Julie (novella)

Protecting Melody

Protecting the Future

Protecting Kiera (novella)

Protecting Alabama's Kids (novella)

Protecting Dakota

Badge of Honor: Texas Heroes Series

Justice for Mackenzie

Justice for Mickie

Justice for Corrie

Justice for Laine (novella)

Shelter for Elizabeth

Justice for Boone

Shelter for Adeline

Shelter for Sophie

Justice for Erin

Justice for Milena

Shelter for Blythe

Justice for Hope

Shelter for Quinn

Shelter for Koren

Shelter for Penelope

À PROPOS DE L'AUTEUR

Susan Stoker est une auteure de best-sellers aux classements du New York Times, de USA Today et du Wall Street Journal. Elle a notamment écrit les séries Badge of Honor: Texas Heroes, SEAL of Protection et Delta Force Heroes. Mariée à un sous-officier de l'armée américaine à la retraite, Susan a vécu dans tous les États-Unis, du Missouri jusqu'en Californie en passant par le Colorado, et elle habite actuellement sous le vaste ciel du Tennessee. Fervente adepte des fins heureuses, Susan aime écrire des romans où les sentiments laissent place au grand amour.

http://www.StokerAces.com

facebook.com/authorsusanstoker
twitter.com/Susan_Stoker
instagram.com/authorsusanstoker
goodreads.com/SusanStoker

www.ingramcontent.com/pod-product-compliance
Lightning Source LLC
LaVergne TN
LVHW021713060526
838200LV00050B/2641